광기의 풍토

UN CLIMAT DE FOLIE
by Ismaïl Kadaré

Copyright ⓒ Librairie Arthème Fayard, 2005
All rights reserved.

Korean Translation Copyright ⓒ 2008 by MUNHAKDONGNE Publishing Corp.
Korean translation rights arranged with The Wylie Agency(UK) Ltd.,
through Shinwon Agency Co.

이 책의 한국어판 저작권은 신원 에이전시를 통해
The Wylie Agency(UK) Ltd. 사와 독점계약한 (주)문학동네에 있습니다.
저작권법에 의해 한국 내에서 보호를 받는 저작물이므로
무단 전재와 복제를 금합니다.

이 도서의 국립중앙도서관 출판시도서목록(CIP)은
e-CIP홈페이지(http://www.nl.go.kr/cip.php)에서 이용하실 수 있습니다.
(CIP제어번호 : CIP2008001505)

이스마일 카다레 지음 | 이창실 옮김

문학동네

차례

광기의 풍토 … 007

거만한 여자 … 111

술의 나날 … 167

옮긴이의 말 … 221
이스마일 카다레의 주요 저작 … 227

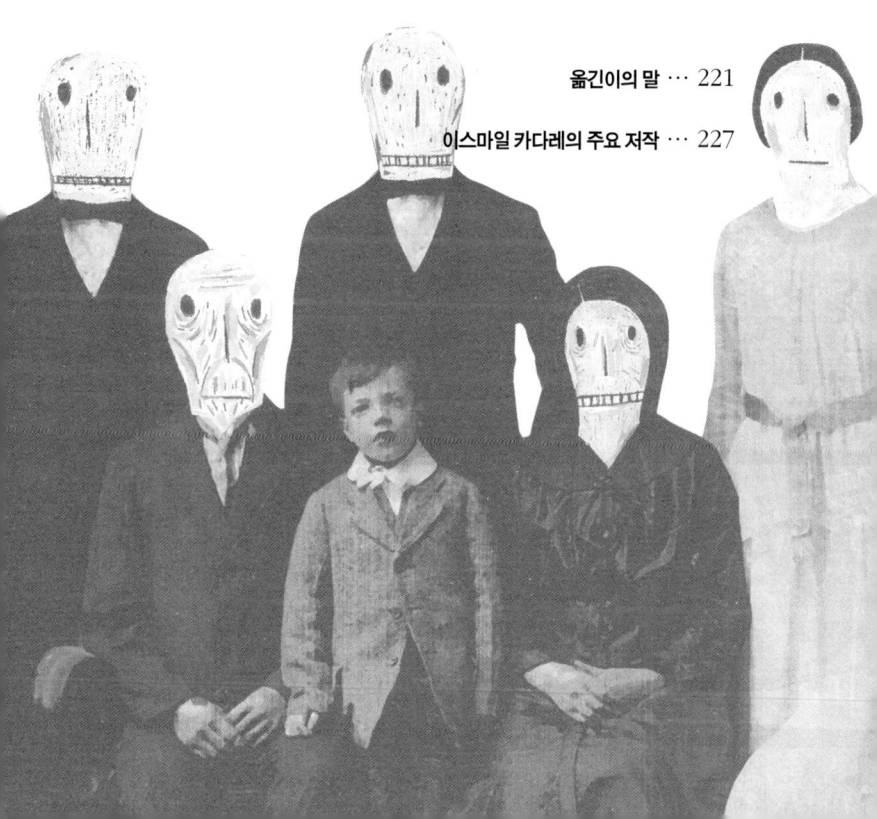

••• 광기의 풍토

1
작은외삼촌의 자살 시도

 바깥마당에 들어서자마자 나는 이내 불행의 기운을 감지했다. 긴 의자는 평소와 같은 자리에 놓여 있었지만 바바조[*]가 보이지 않았다. 의자 옆 땅바닥에는 적자색 표지의 책이 아무렇게나 나뒹굴고, 코담배 갑과 한참 전에 식어버린 파이프가 팽개쳐져 있었다.
 안마당 문을 미는 순간 나는 깜짝 놀라 외마디 소리를 지를 뻔했다.
 바바조가 그곳에 서 있었다. 그것은 매우 드문 일이어서 바바조가 돌연 낯선 사람처럼 보였다. 바바조는 어떤 남자와 이야기

---

* 원래는 '성부 하느님'을 뜻하지만 여기서는 화자의 외할아버지를 지칭한다.

를 나누는 중이었다. 검정색 보르살리노*를 쓴, 그때까지 내가 한 번도 본 적이 없는 남자였다. 바바조와 그 남자는 둘만의 대화에 몰두해 있어 내가 거기 있는 것조차 알아채지 못했다. 낯선 사람은 바로 나 자신이라는 생각이 들 정도였다. 절대로 권총을 숨기거나 해서는 안 된다고, 보르살리노를 쓴 남자가 말했다. 자살하고픈 충동을 느낄 때 손 닿는 곳에 총이 있을 때보다는 없을 때 일을 저지르기가 더 쉽다는 것이었다.

아, 그게 그런 거였군. 나는 계단을 달음질쳐 올라가며 마음속으로 되뇌었다. 그러다 하마터면 2층 복도에서 작은이모와 부딪칠 뻔했다. 이모가 내 몸을 와락 껴안았다. 나로선 영문을 알 수 없었다. 하지만 이모가 막 울고 난 참이며 죄책감에 사로잡혀 있다는 것은 분명히 느껴졌다. 예쁜 여자들이 무슨 잘못을 저지르고 난 다음엔 더 예뻐 보인다는 사실을 난 이미 주목한 바 있었다.

"이모가 자살하려 한 거야?" 내가 물었다.

이모는 두 눈을 동그랗게 뜨고 내 얼굴을 빤히 들여다보았다.

"어디서 그런 말을 들었지?"

"바바조가 어떤 남자와 이야기하는 걸 들었어."

---

* 1930년대에 유행하던 펠트 모자.

"내가 자살하려 한다고 아빠가 다른 사람에게 말했다는 거야?"

나는 우물쭈물 말을 더듬기 시작했다.

"꼭 이모 이름을 들은 건 아니야. 그러니까 말이지…… 누군가가 자살하려 한다고…… 맞아, 그 말은 들었어…… 또 총을 숨겨서는 안 된다는 말도. 총을 제자리에 두라고……"

"너 미쳤구나!" 이모는 화를 내며 내 말을 가로막았다. 그러고는 계단 쪽으로 발길을 재촉하다 곧 뒤돌아서서 말했다.

"이제부터 내 말 잘 들어, 이 멍청아! 네가 방금 전에 들었다고 생각한 건 잘못 들은 거야. 그러니까 아무한테도 이야기해서는 안 돼. 알았지? 그건 집안의 비밀이니까 이 집 밖으로 새어 나가서는 안 된다는 말이야. 알았지?"

이모는 몹시 흥분해 계속 나를 나무라면서 말끝마다 "알았지?"라고 다짐을 주었다. 이모가 돌연 마음을 추스르지 않았더라면 걷잡을 수 없는 분노로 어떻게 되었을지 모르는 일이다. 이모는 내 귀에 입을 바짝 갖다 대더니 어느새 누그러진 목소리로 설명을 해주었다. 이모 자신도 잘못을 저지르긴 했지만 자살하고 싶어하는 사람은 자기가 아니라 다른 사람이라고. 다른 사람이란 다름아닌 이모의 남동생, 그러니까 내 작은외삼촌인데, 이런 일들은 절대로 입 밖에 내서는 안 된다고.

나는 머리가 터질 것만 같았다. 이모 자신이 잘못을 저질렀는데 지금 이 순간 자살을 하려고 하는 사람은 다른 누구라니! 도무지 갈피를 잡을 수 없었다. 난 이모에게 방금 전에 들은 말을 잊어버리겠다고 약속했지만 적어도 이모가 무슨 잘못을 저질렀는지는 내게 말해주어야 한다고 버텼다.

"난 그애한테 아무 짓도 안 했어." 이모는 생각에 잠긴 듯한 목소리로 말했다. 아무 짓도, 라고 잠시 후에 이모는 또 한 번 말했다.

그러고 나서도 이모는 같은 말을 몇 번이고 되뇌었다. 이모가 정말로 외삼촌한테 아무 짓도 안 했다는 걸 나는 간신히 납득할 수 있었다. 어느 날, 그것도 아주 우연히 이모가 본 것을 제외하고는…… 절대로 보아서는 안 될 그것을 이모가 보고 말았던 것이다.

"자, 이 정도면 됐어!" 이모가 말했다. "너한테 너무 많은 얘길 하고 말았네. 하지만 날 배신하진 않겠지, 그렇지?"

이모는 나를 껴안았다. 언제나 그렇듯 이모의 몸에서는 좋은 냄새가 났다. 나를 두고 멀어져가는 이모의 금발머리가 근심으로 가늘게 흔들리며 자신이 저지른 잘못을 폭로하고 있었다.

잠시 동안 나는 집 안을 이리저리 뒤지고 다녔지만 작은외삼촌은 어디에도 없었다. 작은외삼촌은 사람들이 '겨울 방'이라 부르는 방에 처박혀 지냈는데 거기서 뭘 하는지는 아무도 몰랐다. 이제 나는 작은외삼촌을 향한 절대적인 경외감에 사로잡혀 있었다. 실제로 무슨 일이 일어난 것인지 알 수만 있다면 뭐든 할 것 같았다!

마당에서는 큰이모가 시트를 널고 있었다. 큰이모는 비밀을 알 거라는 확신이 들었지만, 그렇다손 치더라도 내게는 아무 말도 안 하리라는 것 또한 분명했다. 눈가가 거무스레한 검은 눈과 무엇보다 조신한 성격 때문에 큰이모는 집안의 재원으로 인정받고 있었다. 반면 작은이모는 나부끼는 금발에다 유리알처럼 박힌 눈동자와 요염하게 찢어진 눈매 탓에 집안의 온갖 심술궂은 장난기가 집약되어 있는 것만 같았다.

바바조는 이제 다시 긴 의자에 앉아 책을 읽고 있었지만 밤에나 외할아버지와 이야기할 수 있으리라는 걸 나는 알고 있었다. 외할아버지가 집시들이 연주하는 바이올린 소리에 취해 몽롱한 상태에 빠져든 뒤에야 말을 걸 수 있을 것이다. 국가의 체제가 바뀐 건 사실이지만, 공산주의자들과 이런저런 유대를 맺고 있던 가문 덕에 바바조는 재산을 압수당한 것 말고는 달리 피해를 입지 않았다. 늘 그래 왔듯이 집시들이 행랑채에 살면서 밤이면 계속 바이올린을 연주할 수 있었던 것도 그 때문이었다.

고교생인 큰외삼촌이야말로 그 누구보다 이 사건에 대해 잘 알고 있겠지만(큰외삼촌과 작은외삼촌은 겨우 한 살 터울인 데

광기의 풍토 13

다 형제 이상으로 친해서 아침마다 함께 등교했다), 그렇다 해도 별로 도움이 되지 않을 터였다. 큰외삼촌은 청각에 문제가 있어 은밀한 대화를 나누기에는 별로 안 좋았으니까 말이다.

그래도 나는 큰외삼촌에게 다가가, 또 한 사람은 어디로 갔냐고 물었다.

"누구 말이야?" 큰외삼촌이 물었다. "허풍선이 그 녀석?"

나는 이제껏 들어본 적 없는 욕설들이 큰외삼촌 입에서 튀어나오는 것을 입을 딱 벌린 채 듣고 있었다. 형으로서 자살이라는 어리석은 수작을 벌인 동생을 꾸짖는 건 당연하겠지만, 어쩐지 큰외삼촌의 분노는 더 심오한 무언가와 연관되어 있는 것 같았다.

큰외삼촌의 말을 듣고 있으려니 내 머릿속이 흐물흐물한 덩어리로 가득 차오르는 것 같았다. 작은외삼촌은 동정의 대상이기에 앞서(머리털이 빠지는 불운으로는 모자라 이런 어이없는 짓까지 저질렀으니 말이다) 누가 뭐래도 내숭꾼이며 못 말리는 허풍선이라는 게 큰외삼촌의 생각이었다. 큰외삼촌은 자살마저도 남의 시선을 끌기 위한 수단쯤으로 여기는 게 아닐까 싶은 생각이 들었다.

나는 두 외삼촌을 똑같이 좋아했다. 둘 다 마음에 들었다. 학교에서 돌아올 때의 걸음걸이, 머리에 쓴 교모, 각자의 방을 가득 채운 책들이 그랬고, 라틴어 수업 때 배운 것을 둘이 함께 복습하는 모습이 그랬고, 다른 사람들이 못 알아듣도록 라틴어로 말을 주고받을 때가 특히 마음에 들었다. 도미누스, 템플룸, 인 엑스텐소······* 같은 말들을.

이처럼 나는 어느 누구에게도 치우치지 않고 두 사람에게 똑같은 애정을 쏟고 있었지만, 그래도 어느 땐 큰외삼촌이, 또 어느 땐 작은외삼촌이 더 신비로워 보이는 게 사실이었다. 얼마 전 큰외삼촌이 귀 수술을 받은 뒤 머리를 붕대로 싸맨 채 집 안을 맴돌고 있었을 때는 큰외삼촌이 내 우상이나 다름없었다. 그러자 자신의 광채가 바랬음을 짐작하기라도 한 듯, 또 예전의 위상을 되찾을 방법은 자살밖에 없다는 듯, 작은외삼촌이 권총을 향해 달려든 것이다. 그후 큰외삼촌은 바바메토 의사에게 두개골 절개 수술을 받기 위해 병원으로 돌아가야만 했는데, 큰외삼촌에게 그것 말고는 다른 해결책이 없었다.

그 이후로는 모든 게 점점 나빠지기 시작했다.

심술기 번득이는 눈으로 큰외삼촌은 알아듣기 힘든 말들을 쉴 새 없이 너까렸다. 무시무시한 비밀들······ 죽느냐 사느냐, 그것이 문제로다······ 아아아, 루브르의 신비, 에에······

---

* 주님, 성전, 상세히.

난 그런 말을 더이상 듣고 싶지 않아 괴로운 심정으로 그 방을 나왔다. 층계를 내려가려는데 위에서 큰외삼촌이 나를 향해 외치는 소리가 들렸다.

"그건 그렇고, 이런 말 아무에게도 한마디도 하면 안 돼!"

이상한 일이었다. 그동안은 매사에 서로 다른 견해를 보이던 두 사람이, 집 밖으로 아무 이야기도 새어 나가서는 안 된다는 점에서는 의견 일치를 보고 있었으니 말이다.

*

오후 늦게 집으로 돌아오는 길에 나는 마음이 무거웠다. 바바조의 집에서 함께한 점심식사는 예전과 달리 조금도 즐겁지 않았다. 껍질이 딱딱한 파이에다, 무엇보다 무화과로 만든 디저트, 우리가 '메메'라 부르던 외할머니의 명성을 확고히 해준 그 디저트도 나왔지만 말이다. 이유가 뭐였을까? 아마도 작은외삼촌이 상처 입은 마음으로 겨울 방에 틀어박혀 있는 통에 식탁에서 그 삼촌의 신랄하고도 재빠른 대꾸를 들을 수 없었던 데다, 암호 같은 라틴어도 오가지 않았기 때문이었을 것이다.

확신컨대, 세상에서 바바조의 집과 팔로르토의 우리 집만큼이나 서로 닮지 않은 두 집을 찾아내기도 쉽지 않을 것이다. 두 집이 같은 나라에, 그것도 같은 도시에 있다는 게 도무지 믿어지지 않을 정도였다. 이따금 두 집 사이의 유일한 공통점은 각각의 집이 지닌 비밀에 있다는 생각이 들었다. 팔로르토의 우리 집을 향해 걸어가며 내가 골똘히 되새기고 있었던 것도 바로 그 비밀에 관한 것이었다. 이제 바바조의 집에 새로운 비밀이 생긴 만큼 팔로르토의 우리 집 비밀을 능가하는 게 아닐까 하는 의문이 들었다. 지금까지는 두 집이 큰 비밀을 공평히 나누어 갖고 있었다. 그러니까 우리 쪽은 '지하 감옥'*이, 저쪽 집은 바바조의 수수께끼 같은 형이 그 비밀이었다.

'지하 감옥'이란 말 그대로 죄인을 가두는 곳을 의미한다. 이 도시에서 가장 유서 깊은 저택들에만 있는 방으로, 큰 내실 밑으로 깊숙이 돌을 깎아서 만든 감옥이다. 그 방에는 문이 없는 대신 천장에 뚜껑이 달려 있어 그리로 죄인을 내려보내게끔 되어 있다. 죄인이 감옥 바닥에 내려서면 사다리가 거둬지고 뚜껑이 닫히는 식이다.

그런 것들은 모두 옛 시절에 유행하던 것이었다. 그 당시에는 두 종류의 감옥이 있었는데 집 안에 있는 감옥이 진짜 감옥이었고, 그것에 비하면 국가에서 관리하는 또 다른 감옥은 웃음거리

---

* 옛 알바니아어로 hapsanë, 즉 감옥을 뜻한다.

에 불과했다고 할머니는 내게 설명해주었다.

나는 할머니가 해준 몇몇 단편적인 이야기를 무진 애를 써서 어렵사리 이해했다. 심판과 선고, 지하 감옥에 감금당하거나 풀려나는 따위의 모든 일들이 집의 사방 벽 안 침묵 속에서 비밀리에 행해진 것이다. 경찰도, 재판관도, 참관인도 없었다.

하지만 할머니 자신은 팔로르토로 시집와서 이 집안에 발을 들여놓은 후로 '지하 감옥'이 사용되는 걸 본 적이 없다고 했다. 반대로 이전 세대와 연관된 이야기는 많이 들을 수 있었다. 그 가운데 가장 이상한 이야기는 나와 이름이 같았던 증조할아버지에 관한 것이었다. 어느 날 밤 증조할아버지가 자다 말고 자리에서 벌떡 일어났다. 예전에 저지른 잘못이 떠올라서였다. "여자들은 일어나시오!" 하고 증조할아버지는 소리쳤다. "짚단과 물병을 준비해주시오. 지하 감옥으로 내려가야겠으니!" 이렇게 선언한 다음 증조할아버지는 정말로 몇 주 동안 그곳에 내려가 있었다. 스스로 죄를 말끔히 씻어냈다고 믿게 된 순간까지 말이다.

지하 감옥은 뚜껑 문이 여전히 남아 있어 그 존재를 직접 확인할 수 있는 반면, 두 외삼촌이 사는 집의 비밀은 안개에 싸인 듯 보이지 않았다. 그 비밀은 바바조의 형과 연관되어 있었지만, 실제로 그를 본 사람은 아무도 없었다. 사람들은 그 이야기를 좀처럼 하지 않았고, 어쩌다 화제가 그리로 돌아가면 목소리를 낮추

거나 짧게 말을 맺어버렸다.

바바조의 형, 그러니까 큰외할아버지는 그때까지 내가 상상해온 것처럼 어떤 형벌을 선고받은 것도, 파렴치한 짓을 저지른 것도 아니었다. 그저 알바니아 북부의 먼 고장에 살고 있을 따름이었다. 그리고 종교도 달랐다. 하지만 그게 뭐 우려할 만한 일은 아니라고 큰외삼촌은 내게 설명해주었다. 여러 유서 깊은 가문이 그랬듯이 팔로르토의 우리 집을 포함해 도비 가문의 한 지류 역시 가톨릭으로 남았으니까 말이다.

큰외할아버지를 두고 오가는 대화의 토막들을 끼워 맞춰본 결과, 수년 전부터 사람들은 그가 나타나기를 기다려왔다는 걸 알 수 있었다. 하지만 그는 한 번도 이곳을 찾아온 적이 없었다. 큰 사건들이 있기 전날이나 사건이 끝난 후에도 마찬가지였다. 예컨대 왕정의 선포가 있기 전날은 물론 왕정이 붕괴된 주에도 큰외할아버지는 오지 않았고, 그후에도 그랬다. 1942년 혜성이 떨어진 뒤에도, 독일인들이 발을 들여놓고 잇달아 공산주의자가 득세하게 되었을 때에도 큰외할아버지의 모습은 보이지 않았다. 그러자 누군가가 결론을 내렸다. 그는 이제 오지 않을 거라고.

그러나 나는 그가 올 거라고 믿고 있었다.

2
몹쓸 여자라는 의심을 받은 작은이모

절대로 비밀을 지켜야 한다는 충고가 여전히 내 귓전을 울리고 있었지만, 이튿날 내가 맨 먼저 한 일은 마치 그 반대의 충고를 듣기라도 한 듯 단짝 친구 일리르한테 가서 모든 사실을 털어놓은 것이었다.

역사지리 시간이었고, 선생님은 알래스카에 대해 설명하고 있었다. 일리르는 선생님의 말씀에 말 그대로 빨려들어가서, 영하 천 도까지 내려가는 곳에 사는 에스키모들을 진심으로 걱정하는 모습이었다……

쉬는 시간 종이 울리기가 무섭게 일리르가 내게 달려오면서 외쳤다.

"내가 알아냈어!"

일리르와 나는 무리에서 떨어져 나와 운동장 한구석으로 갔다. 우리가 비밀 이야기를 나눌 때면 찾는 장소였다.

"네 이모가 외삼촌의 무엇을 본 건지 알았어. 네 작은외삼촌의 고추를 본 거야!"

일리르의 말에 난 숨이 멎는 줄 알았다. 그저 놀라기만 한 게 아니라 화도 났다.

"뭐라고? 무슨 헛소릴 하는 거야? 네가 뭘 안다고 그래?"

"왜 몰라?" 일리르가 맞받았다. "자기 거시기를 누구한테 들키면 죽고 싶어하는 사람들이 수두룩해. 그게 아주 작거나 하면 더 그렇고."

나는 믿을 수 없다는 듯 뾰로통한 표정을 지었다. 일리르와 나는 서로에게 그걸 보여준 게 한두 번이 아닌데도 내가 자살 충동을 느낀 기억은 없었기 때문이다. 나는 일리르에게 그 사실을 상기시켰다. 그러나 일리르는 여자한테 들켰을 경우에는 문제가 달라진다고 나의 반박을 일축했다. 이유인즉슨, 그것의 적당한 크기를 알고 있는 건 여자들뿐이기 때문이라고……

"야, 말조심해!" 내가 매몰차게 쏘아붙였다. 하지만 일리르가 내 말을 못 들은 척하기에 다시 한번 못을 박았다. 내 이모에 대해 함부로 말하지 말라고, 이모가 아주 예쁘긴 해도 녀석이 말하는 음탕한 여자들과는 하나도 닮지 않았노라고.

이번에는 일리르가 짜증을 냈다. 그러면 자기 엄마는 음탕한 여자냐고 내게 따져 물으면서. 그리고 녀석이 자기 엄마의 속옷을 가져와 내게 보여준 날을 상기시켰다.

"너, 그거 보면서 아무렇지도 않았잖아. 그런데 막상 네 가족 이야기에는 별것 아닌데도 화를 내냐!"

녀석의 말에 솔직히 나는 주눅이 들었다. 그리고 일리르와 알고 지낸 뒤 처음으로 녀석에게 용서를 구하고 싶은 마음이 들었다.

*

 나는 다음 일요일까지 기다리지 못하고 수요일이 되자 바바조의 집으로 향했다. 멀리서 보기에 할아버지의 집은 평화로운 모습이었는데, 안마당으로 들어선 순간 믿어지지 않는 광경을 맞닥뜨리고 벌어진 입을 다물지 못했다. 바바조는 긴 의자에 몸을 파묻은 채 파이프를 빨고 있었고, 할아버지 맞은편에서는 페로루카―행랑채에 살고 있는 가족의 가장으로 우리가 '떠돌이 집시 아빠'라 부르던―가 바이올린을 연주하고 있었다.
 그런 장면을 대낮에 대하기는 처음이었다. 수년 동안 페로와 그의 아들들을 비롯한 집시들의 바이올린 연주를 들어왔지만, 그건 어김없이 바바조와 온 가족이 모인 저녁 마당에서였다. 그런데 그때는 바바조와 페로 단둘뿐이었다. 마치 두 명의 걸인 같았다. 주변에는 별과 개똥벌레와 가물가물 희미한 빛들이 점점이 흩어져 있는 여름밤의 풍경 대신, 포석 깔린 안마당의 얼어붙은 듯 칙칙한 풍경만이 가로놓여 있어 세상의 종말을 생각나게 했다.

두 사람 모두 눈을 반쯤 감고 있어서, 나는 들키지 않고 안마당을 지나칠 수 있었다. 슬픔으로 가슴이 옥죄어왔다. 이 집이 오래가지 못할 것임을 그 모든 징후가 증언하고 있었다. 층계를 올라가는데, 최근에 들은 대화의 토막들이 머릿속에 떠올랐다. 그것은 바바조가 지주로서 행해온 관습들을 포기하라는, 몇 가지 명령조의 경고였다. 옛 노예들을 부려 무료함을 달래거나 하는 행동은 더이상 용납되지 않는다는 말이었다.

종종 그렇듯이 작은이모는 거울 앞에 있었다. 이모는 거울 속에서 나를 발견하고는 뒤도 돌아보지 않은 채 내게 미소를 보냈다.

이모가 머리털 한 타래를 왼쪽으로 옮겼다가 곧 오른쪽으로 되돌려놓는 동안 나는 그 손동작을 잠시 물끄러미 지켜보았다. 이리저리 빗질을 할 때마다 이모는 장난기 어린 눈을 깜박였는데, 그런 행동이 내겐 늘 무의미하게 여겨졌었다. 하지만 그날은 어쩐지 그 눈짓이 신경을 자극해, 난 대뜸 경솔한 말을 내뱉고 말았다. 평상시라면 좀더 신중하게 처신했을 텐데 말이다.

"이모가 작은외삼촌의 무얼 봤는지 알아!"

"그래?" 이모는 하던 동작을 멈추지 않은 채 맞받았다. "그럼 어디 한번 말해봐!"

사실대로 말하면 이모의 기분이 상하리라는 건 짐작한 일이었다. 하지만 이모가 내 말을 들은 뒤 그때까지의 장난기 어린 태도를 싹 거두고 그렇게까지 화를 낼 줄은 미처 예상하지 못한 터였다. 이모는 나를 향해 몸을 획 돌렸다. 그 바람에 빗이 손에서 떨어져나갔고 머리카락 뿌리 있는 데까지 이마가 빨갛게 물들었다. 이모 앞의 거울조차 화가 나서 깨져버릴 것만 같았다.

"넌 바보 천치야!" 이모가 소리쳤다. "게다가 아주 못돼먹었어! 어떻게 감히 그런 말을 하지? 멍청한 자식. 넌 악당이야!"

이모는 다른 욕지거리를 찾느라 말을 더듬었다. 그러더니 와락 울음을 터뜨리고는 하염없이 눈물을 쏟아냈다.

"너 그게 뭘 의미하는지 알기나 해? 네가 무슨 말을 한 건지 아느냐고?"

이모는 흐느낌 사이사이로 가까스로 말을 이어갔다.

"다시 말해봐. 뭘 안다고? 그러니까 내가 남동생이 샤워하는 모습이나 몰래 훔쳐보는 몹쓸 여자란 말이지? 내가 그런 화냥년이라고?"

나는 심장이 갈기갈기 찢겨나가는 것 같았지만 아무 대답도 하지 못했다. 멍하니 풀이 죽은 채 그대로 서 있었다. 이윽고 이모는 자리에서 일어나 자기 방으로 달려갔다. 아마도 그곳에서 실컷 울려는 것 같았다.

한참 뒤에 마당 쪽문 앞으로 이모가 날 찾아왔다. 마음이 심란

해 갈피를 잡을 수 없을 때면 종종 그랬듯이, 나는 그곳에서 작은 까마귀들이 날아오르는 모습을 눈으로 쫓고 있었다. 이모는 눈이 빨갰고, 뺨도 마찬가지였다.

"잘 들어." 이모가 내 어깨에 팔을 두르며 말했다. "너하고 다시는 말하고 싶지 않지만, 네가 엉뚱하게도 위험한 상상을 할까 봐서……"

이모는 내 귀에 대고 같은 말을 몇 번이고 되풀이했다. 그러니까 불량한 나의 머릿속에 일말의 의심이라도 남아 있는 걸 원치 않기 때문에 스스로 한 맹세를 철회한다는, 다시 말해 이모가 작은외삼촌한테서 정확히 무엇을 봤는지 내게 말해주겠다는 이야기였다.

그 말을 듣는 동안 난 이모가 내 귀를 물어뜯을 것만 같은 느낌에 사로잡혔다. 하지만 진실을 알아내겠다는 욕구가 너무도 강렬했던 나머지 경계심 따위는 깡그리 잊고 있었다. 이모는 더 듬거리며 계속 말을 이어갔다. 자기가 남동생의 무엇을 본 건 사실이라고, 하지만 내 못된 머리가 상상하는 그런 건 절대 아니라고 했다. 지초지종을 말하자면, 어느 일요일에 작은외삼촌의 바지를 다리다가 안주머니에서 무얼 찾아냈는데……

"연애편지였어?"

눈물이 채 마르지 않은 이모의 눈꺼풀이 마치 깜짝 놀란 사람처럼 바르르 떨렸다.

"그런 말은 어디서 들었니?" 거의 상냥하다 싶은 목소리로 이모가 물었다. "연애편지가 뭔지 어떻게 알았지?"

"그걸 왜 몰라?" 내가 받아쳤다. "언젠가 친구 사촌누나가 그런 편지를 받고 기절해서 병원에 실려간 적이 있는걸."

"이제 내 말을 잘 들어봐." 이모가 말을 이었다. "내가 본 건 연애편지가 아니야. 네가 생각한 그런 부끄러운 건 더더욱 아니고. 그런 것들과는 전혀 다른 거야. 한데 지금부터 내가 하는 말은 아무한테도 얘기하지 않겠다고 맹세해. 죽어도 안 한다고."

"약속해!"

나는 이번에는 약속을 지킬 수 있을 것 같았다.

"그럼 들어봐. 설명하기 쉬운 일은 아니지만. 그런데 너, 사람들이 공산당에 대해 말하는 거 들은 적 있지?"

나는 고개를 끄덕였다. 물론 알고 있었다. 학교에 가면 담벼락에 온통 씌어 있는 게 그 말이었으니까.

"잘 들어봐. 내 말 끊지 말고!"

이렇게 이모는 같은 말을 세 번씩이나 되풀이한 다음 줄곧 작은 목소리로 설명을 이어갔다. 그러니까 그 이름, 다시 말해 당의 이름이 사방에 널려 있긴 해도 그 실체를 직접 보았다고 뽐낼 수 있는 사람은 아무도 없다고 했다. 그런데 이모가 남동생의 호주머니 속에서 발견한 건 다름아닌 '당원증'이었다. 즉 작은외삼촌이 공산당에 속해 있음을 증명해주는 붉은 표지의 작은 수첩 같은 것이었다.

나는 머리가 뒤죽박죽되어버렸다. 그렇다면 그것 때문에 작은외삼촌이 자살하려 한 것일까? 새로운 사실을 알아가면서 나는 온갖 종류의 불길한 편지를 상상해봤는데, 한가운데 구멍이 뚫린 해적들의 편지나, 맥베스가 누군가를 없애기 위해 암살자에게 두번째나 세번째로 보내는 서신 따위를. 그런데 지금 문제가 되고 있는 건 평범하기 짝이 없는 일종의 증명서였다. 도대체 거기에 무슨 비밀이 숨겨져 있다는 말인가? 우린 모두 공산주의자가 아닌가?

이모는 내 헛소리로 자신의 말을 더이상 가로막지 말라고 했다. 당이 정권을 잡고 있는 것은 분명하지만, 그렇더라도 그것은 은밀히 이루어지고 있는 일이라는 것이었다.* 그런데 이모가 말을 하다 말고 내게 물었다. 왜 그렇게 눈을 동그랗게 뜨고 자기를 쳐다보냐고, 특별히 이해하기 어려운 데라도 있냐고. 난 '당이 정권을 잡고 있다'는 게 무슨 말인지 잘 모르겠다고 대답했다.

---

* 공산주의 역사에서 이상하게도 잊혀온 사실인데, 유고슬라비아나 알바니아 공산당은 정권을 잡은 뒤에도 수년간 '공식적인' 통치를 민주전선에 맡긴 채 자신들은 지하 활동을 했다.

"맙소사, 어쩜 이렇게 무식할 수 있다니!"

이모는 짜증 섞인 목소리로 이렇게 내뱉고는 그 말의 의미를 설명하느라 진땀을 뺐다. 결국 나도 아주 어렴풋하게나마 무언가를 깨닫게 되었다. 그렇다손 쳐도 지금 정권을 잡고 있는 건 공화국 아닌가. 왕정을 무너뜨린 공화국 말이다. 이모는 나를 무식쟁이 취급하면서, 지금은 당이 맨 꼭대기에 있다고 말했다. 그러더니 슬슬 머리가 아파오니 제발 자기 말에 그만 좀 끼어들라고 당부했다.

그러니까 당은 비밀이었다. 그 사무실이나 지도자들뿐 아니라 구성원들을 비롯해 그들이 소지한 '증명서', 그 모든 것이 비밀이었다. 명령은 단호했다. 아무한테도 당원증을 보여주어서는 안 되었다. 불가피하게 그런 끔찍한 일을 저지르고야 만 공산당원은 살아남기를 단념해야 할 터였다. 자신의 당원증을 누나가 보았다는 사실을 안 순간 작은외삼촌이 부리나케 권총을 향해 달려든 것도 바로 그 때문이었다.

*

난 일리르에게 어서 그 사실을 알리고 싶어 몸이 달았다. 내 말을 듣고 있던 일리르의 눈은 내가 처음 이모의 말을 들었을 때보다 더 휘둥그레졌다. 이번에는 내가 녀석을 일자무식꾼, 불한당, 바보 취급하며 이모한테서 받은 대접을 그대로 되돌려주었다. 그러면서 비밀스러운 일이기는 하지만 당이 맨 꼭대기 자리를 차지하고 있다고, 심지어 왕정을 무너뜨린 공화국마저 당을 경계하고 있다고 이야기해주었다.

"그렇구나!"

일리르의 입에서 탄성이 새어나오는 동안 나는 설명을 이어갔다. 당이 마음만 먹으면 공화국을 어떻게든 손에 넣어 가혹하게 내칠 거라고. 그러자 일리르가 또 한 차례 "그렇구나!" 하며 탄성을 내뱉었다. 그러더니 곧 생각지도 못한 질문으로 흥을 깨버렸다.

"당이 그렇게 강하다면 왜 숨어 지내는 건데?"

우리는 이 물음의 해답을 찾기 위해 잠시 머리를 이리저리 굴려보았다. 그러나 해결점을 찾았나 싶기 무섭게 실마리를 놓치곤 했다. 맨 꼭대기에 계시기에 우리 눈에 보이지 않는 하느님에게 생각이 미치자 곧바로 메로 람체의 이름이 떠올랐다. 지난겨울 이후로 성잘의 눈을 피해 숨어 지내는 그 유명한 닭 도둑 말이다. 그러다 결국 우리는 사람들이 두려워하는 투명 인간을 떠올렸다. 사람들이 그토록 겁을 먹는 건 그냥 눈에 보이지 않기 때문이라고 우리는 결론지었고, 그렇게 생각하자 마음이 편안해졌다.

*

그 당시 날이면 날마다 우리의 생각은 이 새로운 유령에게로 지체 없이 되돌아왔다. 그것은 우리 마음속에서 유령에 대한 두려움이 사라졌다고 믿었던 바로 그 순간에 나타난 유령이었다.

그 유령으로 말미암아 도시의 모습이 바뀐 것 같았다. 상점과 술집의 간판, 집의 대문, 쇠창살이 달린 은행 창문, 그 모든 것이 바야흐로 이중의 의미를 띠게 되었다. 우리 앞에 보이는 게 미용실이라 생각했는데 사실은 당 사무실이었다. 치즈 상점, 우체국, 웨딩드레스 레이스 수선 가게 역시 마찬가지였다. 평화로워 보이는 외관 뒤 깊숙한 밀실 저편에서 당원들의 비밀 회합이 열리고 있을지 모르는 일이었다. 자신들의 '당원증'을 상대방의 코앞에 들이밀며 이렇게 말할지도 몰랐다. 자네 '증'을 보았네 라든지, 난 보지 못했네, 혹은 자살을 하게나, 아니면 자살을 해서는 안 되네……라고.

부활절 주일에 우리 동네에 사는 한 대학생이 스스로 목숨을 끊었다. 사람들은 그가 여자친구한테 차였기 때문이라고 했지만 사실은 그게 아니라는 걸 이제 우리는 알고 있었다.

이런 의혹의 그림자가 한동안 우리의 무료함을 달래주는가 싶었다. 그러던 어느 화창한 오후, 우리는 거의 한 목소리로 깜짝 놀랄 만한 의문을 제기하기에 이르렀다. 그런데 왜 진짜 공포가 느껴지지 않는 걸까?

 우리는 오히려 과거의 유령들이 그리워지기 시작했음을 고백하지 않을 수 없게 되었다. 그것들은 정말로 우리를 겁먹게 했었으니까 말이다. 하지만 "만세!"라든가 "영광이 있기를" 같은 말, 혹은 라디오에서 흘러나오는 송가나 환희에 찬 군중은 뭐랄까……

 "그건 말이지……" 하고 일리르가 우물거리며 말했고, "그건 말이지……" 하고 내가 뽀로통한 얼굴로 일리르의 말을 되받았다.

 그러던 어느 날 마침내 우린 그때껏 찾으려 애쓰던 정확한 표현을 생각해냈다. 그러니까 그 유령이란 다름아닌 참을 수 없는 권태였다.

3
모든 게 다 시시하다

 권태의 공략을 맨 먼저 받은 건 책들이었다.

 마음에 와 닿는 책들을 몇 번이고 읽은 다음 우리는 시립도서관으로 갔다. 그런데 거기서 정말이지 통탄할 만한 광경을 발견했다. 책 제목들에 이미 권태가 널려 있었다. '대초원의 선인들' '봄' '위대한 희망'…… 등등. 이런 책들의 저자는 대부분 소련인이었다. 일리르는 코노프라는 작가의 책에 다소 기대를 걸었다. 책의 제목은 '레닌의 삶'이었다. 일리르가 한 사촌에게 들은 바에 따르면, 이 레닌이란 작자는 엄청나게 멍청해 보이지만 일단 신경이 곤두섰다 하면 우리 같은 사람은 눈 깜박할 새에 처치해버릴 수도 있다는 것이었다.

 하지만 책을 읽은 뒤 우리는 완전히 실망했다. 누군가 한밤중에 더 손쉽게 목을 따기 위해 손님들을 초대한 이야기를 어디선가 읽은 적이 있지만, 앞서 말한 레닌은 이런 손님들 가운데 누구를 죽이지도 않았을 뿐 아니라 아무도 죽여본 적이 없는 사람이었다. 심지어 눈앞에 불쑥 나타난 여우한테도 손이 떨려 차마 방아쇠를 당기지 못하는, 그렇게나 마음씨 착한 사람이었다. 그렇게 심약한 사람을 만나기도 어려울 성싶었다.

그 밖의 다른 책들은 책장을 들추어볼 필요조차 없었다. 노동, 환한 웃음, 선한 마음을 가진 사람들…… 온통 이런 것들뿐이었고, 누가 동지에게 빵과 겉옷을 제일 먼저 줄 것이냐를 두고 너도 나도 경합을 벌이고 있었다. '칠흑 같은 밤에 까마귀가 심연 위에서 운다' 같은 유형의 절규는 눈을 씻고 찾아봐도 없었다. 아무도 그 누구를 믿지 않고 무엇보다 노동이 신성시되지 않는, 안개 자욱한 외진 마을 같은 것도 없었다!

어느 날 일리르가 책을 한아름 싸들고 왔다. 도서관에는 없는 책들이었다. 그것들을 어디서 찾아냈는지에 대해서는 아무 말이 없었다. 혹시 자기 엄마의 실크 속옷과 맞바꾼 것은 아닐까 하는 의심이 들기도 했다. 나는 얼른 책 제목을 훑어나갔다. 톨스토이의 '크로이처 소나타', 안톤 하라피 신부의 '국민에게 고함'이라는 제목이 눈에 띄었고, 그 밖에도 '추억의 꽃', '카마수트라'라는 제목과 요시프 브로즈 티토의 '유고슬라비아 군대 탄생 6주년을 맞아'라는 제목도 있었다.

얼핏 보기에도 음탕한 말들로 가득한 『카마수트라』를 제외하고는 다른 책들은 너무 난삽해서 뭐가 뭔지 알 수 없있다. 톨스토이의 책에서는 살인으로 치부되는 그것조차도 정말이지 싱겁기 짝이 없었다. 올빼미의 울음소리도 들리지 않고, 유령이 나타나면서 초 심지가 흔들리며 피를 뚝뚝 흘리거나 하지도 않았으니까…… 그 모든 것을 피아노 한 대가 대신하고 있었다.

그런가 하면 티토나 안톤 하라피 신부가 쓴 소책자는 이루 말할 수 없이 지루하게 느껴졌다. 하지만 그럴수록 나는 더욱 끈질기게 책 속으로 파고들었다. 마치 무언가에게 도전장을 받기라도 한 것 같은 격한 마음으로 집요하게 그것들에 맞섰다. '내가 지루해서 죽었으면 좋겠지? 하지만 그건 안 될걸. 이빨(인쇄된 문자들)을 드러내며 겁을 주어 날 쫓아내려 해도 어림없는 일이야'라고 생각하며.

사실 내가 책을 끝까지 읽은 것은 일리르를 기쁘게 해주기 위해서이기도 했다. 나로 말하면 티토의 책에 희망을 걸지 않게 된 지 오래였다. 그런데 우연히 한 문장에 눈길이 머물렀다. "1942년의 그 춥고 끔찍했던 겨울 내내……" 난 내 눈을 믿을 수 없었다. 사막 한가운데에서 생명체와 마주친 여행자처럼. 그 문장을 십여 차례나 읽어보았지만 그때마다 매번 놀라움을 금할 수 없었다. 그동안 수없이 많은 불모의 말들에 둘러싸여 있었는데도 문장이 전혀 메마르지 않았으니 말이다.

'끔찍했다'는 말은 안톤 하라피 신부의 책에서도 유일하게 흥미를 끌 만한 말처럼 보였다. 그 소책자는 게그 방언*으로 씌어

---

* 알바니아의 절반을 차지하는 북부의 방언. 알바니아 표준어에서 '끔찍하다'는 단어는 tmerrshëm이지만 게그 방언으로는 mnerrshëm이다.

졌는데, 일리르와 나는 '끔찍했다'는 말이 두 배나 위엄을 띠게 된 게 바로 이 방언 덕택이라고 생각했다.

책들에서만 이런 권태가 스며나왔다면 그런대로 괜찮았을 것이다. 하지만 상황은 그렇지 않았다. 권태는 사람들에게도 급속히 퍼져나갔다. 산 자들이건, 아니면 책 속에 얼굴들이 널려 있는 죽은 자들이건, 그 대부분이 내겐 뭐라 말할 수 없이 따분한 모습으로 비치기 시작한 것이다.

모든 것은 약 천 년 전 알바니아 국가를 건설한 그 사람으로부터 비롯되었다.* 수업 시간에 선생님은 그에 관해 설명하며 두 번씩이나 그 사람을 '블로레의 노인'이라 불렀다. 또 그 호칭만으로는 모자랐는지 세번째에는 '블로레의 늙은 현자'라고도 칭했다.

그것만으로도 난 화가 나 미칠 지경이었다. 책 속에 들어앉은 늙어빠진 떠버리 노인들을 다시 보니 따분해 죽을 것만 같았다. 우리의 국기를 높이 쳐들기 위해 이 노망난 늙은이보다 더 나은 사람을 찾을 수는 없었던 걸까?

사실대로 고백하면 일리르와 나, 우리 두 사람은 알바니아 국

---

* 오스만의 식민 통치를 받고 있던 알바니아는 1912년 11월 28일 알바니아 중부의 연안 도시인 블로레에서 독립을 선포했다. 본문 중에서 '천 년'이라 한 것은, 화자가 역사·시간 개념이 부족한 아이이기 때문이다.

기를 꽤나 좋아했다. 죽음을 연상시키는 상징, 즉 해적의 깃발처럼 가새표 모양의 뼈다귀와 해골 등 으스스한 상징을 담고 있는 국기가 우리 마음에 쏙 들었던 것은 아니지만, 그래도 다른 나라 국기들보다는 훨씬 낫다고 생각했다. 멍청한 줄이나 파랑, 하양, 빨강 아니면 파랑, 노랑, 하양 같은 색깔 대신, 적어도 알바니아 국기에는 검은 독수리가 그려져 있어 그 밑에서는 장난칠 엄두를 낼 수 없었으니까 말이다.

하지만 그게 다 무슨 소용일까? 천 년이 넘는 세월이 흐른 뒤 마침내 높이 쳐들린 그 국기가 창백한 낯빛의 한 광기 서린 순교자의 손에 들려 휘몰아치는 폭풍우 속에서 나부끼지 못하고, 수전증 환자임이 분명한 늙은 현자의 손에 건네진 것을.

그의 얼굴에 새겨진 선량함은 어쩐지 짜증이 났다. 그 남자는 무시무시한 독수리로 장식된 깃발은커녕 까마귀 떼를 쫓는 막대기조차 휘두르지 못할 것 같았다! 뿐만 아니라 그가 실수로 알바니아 국기 대신 독일이나 핀란드 국기를 쳐들지 않은 게 놀라울 지경이었다.

한 가지 어렴풋한 생각이 뇌리에서 떠나지 않았다. 난 이 모든 걸 일리르와 이야기하고 싶어 수업이 끝나기만을 애타게 기다렸다. '블로레의 노인'이 분명 누군가를 상기시켰던 것이다. 그때까지도 난 그게 누군지 알아내지 못한 척했지만, 결국에는 진실을 더이상 회피하지 못하고 절망스러운 마음으로 인정할 수밖에 없었다. 깃발을 든 남자가 바바조를 쏙 빼닮았다는 것을.

둘 다 동정할 만한 사람들이었다. 한 사람은 깃발을 휘두르는 척했고, 또 한 사람은 터키어로 씌어진 책을 읽는 척했으니까. 주변 사람들은 그들의 말을 듣는 척하다가도 그들이 등을 돌리기가 무섭게 혀를 내밀었다. 요컨대 그 두 사람은 더이상 아무짝에도 쓸모가 없는 겁쟁이였다.

세번째로 나약한 인간이 머지않아 이 둘과 합류하게 되는데, 바로 스탈린이었다. 어디를 가나 그의 초상을 볼 수 있었다. 머리털이 희끗희끗한 관자놀이에서 콧수염에 이르기까지 거기서 스며나오는 견딜 수 없는 인자함만으로는 부족하다는 듯, 그의 이름에는 어김없이 '아빠' '아저씨'라는 말이 붙어 다녔다.

어느 날 일리르가 가쁜 숨을 몰아쉬며 내게 달려오더니 한 가지 사실을 알려주었다. 사촌 한 명이 해외 라디오 방송에서 들은 내용인데, 스탈린의 적들이 스탈린을 '악의 화신'이라는 별명으로 부르더라는 것이었다. 그것은 다시 말해 잔혹한 인간들 중에서도 가장 잔혹한 인간을 의미했다.

그 말을 두고 처음에 우리는 배가 아프도록 웃어대다가, 그 적들마저 제정신을 잃어가고 있다는 사실을 간파하게 되었다.

스탈린에게선 '악의 화신' 비슷한 것도 찾아볼 수 없었을 뿐 아니라 누구보다 심하게 망령이 든 사람이 바로 그였다. 저곳에서, 그가 더이상 아무것도 손에 쥐고 있지 않다는 사실은 불을 보듯 명백했다. 모두가 하나같이 그를 우롱했다. 몰로토프 가, 파벨 블라소프 가, 차파이에프 가, 보로쉴로프 가 같은 가문들 모두가. 그런데도 그는 진짜 미련퉁이여서 어린아이들과 사진이나 찍으며 시간을 보내고 있었다.

우리한테 남은 유일한 희망은 엔베르 호자*였다. 실제로 사람들은 그의 도래를 오랫동안 기다려왔다. 역시 일리르의 사촌이 한 말인데, 그는 얕잡아볼 수 없는 인물이었다. 하룻밤 사이에 검은 난쟁이 코치 조제**와 2미터 장신의 거인을 쓰러뜨렸으니까.

이번에야말로 실망하지 않을 거라고 사람들은 생각했다. 그런데 불행히도 그들의 생각은 빗나갔다. 처음엔 만사가 순조로웠지만 말이다. 이미 언급한 몇 가지 이유(올빼미, 유령 등)로 우리가 확실히 선호하던 창백한 안색은 아니었지만, 그래도 그가 연단 위로 올라설 때면 위엄 있는 자태가 썩 마음에 들었다. 적어도 그가 그 난쟁이의 목을 조를 수 있었다는 사실만은 분명

---

* 1908~1985, 알바니아의 공산 독재자.
** 알바니아의 내무장관이었는데, 유고슬라비아의 첩자라는 혐의를 받고 1948년에 총살당했다. 유독 작은 키로 유명하다.

했으니까. 하지만 그다음엔 지리멸렬한 광경이 이어졌다. 미소, 손인사, 꽃다발 등 한마디로 더없이 상냥하고 달콤한 정경이었다. 슬로건이나 귀청이 찢어질 듯한 환호성을 포함해서 말이다. 그는 한 문장을 마치기가 무섭게 "인민 만세!"를 외쳤으며, 그러면 국민들은 지체 없이 "당 만세!"라고 화답했다. 이렇게 양편은 서로 경쟁하듯이 상대방을 위해 만세를 외쳤다.

일리르가 슬그머니 내 팔을 꼬집었다. 녀석이 무슨 말을 하려는 건지 짐작이 갔다. 그러니까 이 작자 역시 햄릿이나 우골리노 백작*을 전혀 닮지 않았다는 것이다. 물론 흑가면과도 비교가 안 되었는데, 사실 그는 흑가면의 발꿈치에도 못 미쳤다.

우리는 집에 돌아오자 각자가 받은 인상을 이야기했다. 늘 그렇듯 일리르는 나와 의견이 같았다. 하지만 '이것 만세!' '저것 만세!' 하는 외침에 대해서만은 예외인 듯싶었다. 난 그런 외침이 우스꽝스러운 엉터리 짓이라는 생각을 금할 수 없었는데, 일리르는 이런 생각에 반론을 펼쳤다.

"그러면 '인민에게 죽음을!'이라고 외쳐?"

난 녀석의 말이 옳다는 걸 인정하지 않을 수 없었다. 그런 외침 또한 어울릴 것 같지 않았으니까. 그러나 적어도 다른 문구를

---

* 단테의 『신곡』 중 「지옥」 편에 나오는 인물.

찾아볼 수는 있을 것 같았다. 예컨대 '죽느냐, 사느냐?' 같은 말은 어떨까?

일리르가 보기에 그건 근사한 생각이었다.

엔베르 호자 정권이 출범하고 이틀 뒤, 일리르가 내게 무슨 비밀이라도 털어놓으려는 듯 나지막한 목소리로 속삭였다.

"나, 길에서 네 아빠 봤어. 끔찍한 모습이시던데."

"그래?"

난 녀석에게 어떻게 고마워해야 할지 몰랐다.

"아주 침울한 표정으로 걸어가셨어. 만사가 역겹다는 눈빛으로 말이야. 날 알아보지도 못하시던걸!"

일리르의 얼굴에 이루 말할 수 없는 경탄의 빛이 흘러넘치고 있었다. 그러고 보면 녀석이 나의 제일 친한 친구인 것도 다 이유가 있었다.

"근데 말이지." 잠시 뒤에 녀석이 한결 녹녹해진 목소리로 말했다. "난 네 아빠가 히틀러를 닮은 것 같아. 기분 나빠하지 않을 거지?"

"으응, 그, 그래." 내가 대답했다.

하지만 그 말을 듣고 나니 어쩐지 맥이 풀렸다. 일리르에게는 예기치 못한 순간에 깜짝 놀랄 만한 지적을 하는 재능이 있었다.

집에 돌아와서 식구들과 함께 식사를 하면서 난 몰래 아빠의 얼굴을 훔쳐보았다. 일리르의 말이 옳았다. 아빠는 히틀러를 그대로 빼닮았다. 히틀러보다는 키가 컸지만.

4
외갓집의 일시적인 거짓 평화,
갑자기 그리스 소수 민족 박해자가 된 바바조

 작은외삼촌으로 말하면 원기를 회복해가는 듯 보였다. 하지만 전과는 달리 이제 외삼촌 자신이 손수 바지를 다려 입었고, 자살을 하겠다는 생각은 포기한 듯싶었다. 그건 탈모에 대한 근심이 되살아난 것만 보아도 알 수 있는 일이었다.
 작은외삼촌이 권총으로 머리를 쏘아 자살하려 했을 때에는 머리털이 빠지지 않았다고 큰외삼촌은 말했다. 그런데 이제 작은외삼촌이 생각을 바꾸고 나니 마치 머리털이 일부러 그러기라도 하는 양 뭉텅뭉텅 빠지기 시작했다는 것이다.
 두 외삼촌은 서로 화해한 듯싶었다. 그들은 함께 등교하고 귀가했지만 돌아올 때에는 예의 그 은밀한 공모의 제스처는 더이상 보이지 않았다. 그러니까 내가 그 무엇보다 경탄해 마지않았던 것, 즉 다른 사람이 이해하지 못하도록 라틴어로 말을 주고받는 장면을 목격하기가 쉽지 않았다는 말이다.

그때껏 경쾌하게 오가던 대화에 이제 온갖 종류의 제약이 가해졌다. 예전에는 세 가지만 입단속을 하면 되었다. 청각 장애와 관련된 이야기는 귀가 잘 들리지 않는 큰외삼촌 때문에 금기시되었다. 탈모에 대한 언급은 작은외삼촌 때문에 안 되었다. 또 연애편지 이야기를 꺼낼 수 없었던 것은 작은이모가 그런 편지를 몰래 받고 있지 않나 사람들이 의심하고 있었기 때문이다. 그런데 그 무렵에 들어서는 금기 사항의 범위가 점점 더 넓어졌다. 당연한 일이지만 우선 자살에 대한 이야기가 금지되었고, 그다음엔 음악에 관한 언급도 금기시되어, 집시들의 바이올린 연주에 대한 대화가 더이상 오가지 않았다. 저녁 연주를 맡았던 집시들은 물론 낮에 연주하던 페로 루카도 이제 발길을 끊었다. 그리고 어떤 대목에 이르면 그 어느 때보다 가혹한 침묵이 감돌았는데, 그건 바로 '공산당'이라는 말이 언급될 때였다. 이 말이 나오기가 무섭게 큰외삼촌이 화를 내며 제정신을 잃은 사람처럼 행동했기 때문이다. 사실 공산주의에 대한 이야기를 맨 처음 꺼낸 사람은 큰외삼촌이었는데, 막상 작은외삼촌이 공산당 소속이라는 통탄할 만한 진실이 드러나자 공산당원이 아니었던 큰외삼촌이 마음에 깊은 상처를 입게 되었던 것이다. 이 사실을 식구들 모두가 알고 있었다.

큰외삼촌이 귀 때문에 다른 사람들 대화에 끼지 못하고 얼빠진 사람처럼 혼자인 모습을 보는 것은 가슴 아픈 일이었다. 삼년 전만 해도 무슨 질문에나 척척 대답하던 삼촌이 아니었던가. 큰외삼촌이 얼마나 다혈질이었던지, 어느 날 오후에는 손에 수류탄을 들고 집을 나선 적도 있었다. 신발을 제때 돌려주지 않는 구두수선 가게를 폭파해버리겠다는 것이었다. 절대로 잊지 못할 그 일요일에 나도 우연히 거기 있었다. 바바조의 아내인 외할머니와 이모들, 그리고 행랑채에 사는 집시들까지 모두 나서서 큰외삼촌을 쫓아가 울고 달래어 간신히 마음을 되돌릴 수 있었다.

 이제 도비 가에서는 집안의 큰 행사들이 모두 과거지사가 되고 만 게 분명했다. 여기저기 낙엽이 떨어지면서 사방에 고요가 감돌았고, 그럴수록 아련히 들려오는 페로 루카의 쓸쓸한 바이올린 소리가 적막감을 더해주었다. 두 외삼촌이 빈정대며 '노스탤지어의 시간'이라고 이름 붙인 저녁 시간, 그러니까 그 잊을 수 없는 여름 저녁 집시들이 연주를 하곤 했던 그 시간이 되면, 페로 루카는 바이올린을 손에 들었다. 그러나 이제는 예전과 달리 혼자 외따로 떨어져 악기를 켰다.

 같은 시각에, 말하자면 순전히 우연의 일치로, 바바조는 황홀경에 든 듯 눈을 지그시 감은 채 남향 베란다에 놓인 긴 의자에 앉아 있었다. 그런 할아버지의 모습을 보며 집시와 은밀히 공모

하는 중이라고 의심하는 사람도 있었지만, 작은이모는 바바조에게 그런 교활함이 있을 리 없다고 못을 박았다.

온 집 안이 그렇게 침묵에 싸여 있었다. 두 외삼촌이 아무리 불만스러운 얼굴을 하고 있어도(어느 날 작은외삼촌이 이렇게 말하는 것을 들었다. '주인이 하인 없이 살 수 없듯이 하인도 주인 없이는 살 수 없다'고. 난 이 말을 잊지 않기 위해 종이에다 기록해두었다), 또 아무리 그 모습이 마음에 안 들어도, 누구도 소란을 피워 이 '노스탤지어의 시간'을 망쳐놓겠다는 생각은 하지 못했다.

그러나 도비 가에 감도는 평화는 눈가림에 지나지 않았다. 할머니한테 이미 들은 바에 따르면, 쥐로카스트라의 모든 이름난 가문이 간직한 원한은 해묵은 것이어서 대부분이 그 시발점을 알 수 없었다. 우리의 사촌뻘인 한코니 가는 코코보보 가에게 200년이 넘도록 원한을 품어왔는데, 코코보보 가는 그와 비슷한 연륜의 원한을 슈티노 가에게 품고 있었다. 그중에서도 제카이 가와 바바메토 가 사이의 원한은 그 시발점이 300년 이상 거슬러 올라가는 가장 오래된 것으로, 바바메토 가가 아직 기독교도였을 때 시작된 원한이었다. 그런데 이 원한이 유명한 것은, 해묵은 역사 외에도 특이하게도 세상에 알려진 사건의 발단 때문이었다. 떠도는 소문에 의하면 번개가 그 출발점이었다고 한다.

번개였다고 추정되는 이것을 사람들이 하늘 어느 구석에서 낚아 챘는지, 또 어떻게 그걸 쥐로카스트라까지 내려오게 해서 그걸 두고 여자들이 잇달아 머리채를 잡아가며 싸우게 했는지는 신만이 아실 터였다.

"그렇다고 머리를 쥐어짜지는 말거라." 어느 날 할머니가 말했다. "그 사람들이 번개를 두고 서로 다퉜다고들 하지만 실은 그것과는 전혀 별개의 문제였어. 이젠 너도 글을 읽을 수 있으니 이해가 가겠지?" 할머니는 느릿느릿한 목소리로 내게 설명해주었다.

그러니까 사람들이 번개라고 믿었던 것, 나의 상상력을 부채 질했던 그것은 전혀 뜻밖의 것이었다. 사실 제카이 가와 바바메토 가가 어떻게 그런 사소한 것으로 서로에 대해 그렇게 끔찍한 증오를 키워가게 되었는지 좀처럼 납득이 가지 않았다. 차라리 반지라든지 어린 신부, 아니면 그보다 더한 것이라면 모를까, 또 서로 피 흘리며 싸우기 위해 이 번개를 빼들었다면 모를까. 그런데 하고많은 밤 내 잠을 앗아갔던 그것은 다름아닌 한눈에 반한 사랑, 당시의 표현을 빌리면 '다슈니(dashni)'였다.

요컨대 바바메토 가의 한 청년이 손거울을 이용해 제카이 가의 처녀에게 신호를 보낸 것이다. 일리르와 내가 우리 반의 유대인 소녀 그라치엘라 메나헴에게 그랬던 것처럼 말이다. 하지만 그런 일로 300년이나 지속될 원한이 탄생하리라고는 꿈에도 생각지 못했다.

우리 집에서든 도비 가에서든, 식탁에 앉자마자 식구들의 대화에 먹구름이 낄라치면 내 머릿속엔 이런 유의 생각이 떠올랐다.

한번은 이런 사건이 있었다. 애당초 어디서 시작되었는지 모르지만 분명 작은이모의 말이 시발점이었다고 생각되는 사건이었다.

"이 치즈는 정말 못 먹겠어!" 작은이모가 투덜댔다.

그러자 할머니가 한숨 지으며 맞받았다.

"아, 예전에 우리가 넘겨 받던 치즈가 그립구나. 말하기 뭣하지만, 키초 르 그레코*한테서였지."

순간 작은외삼촌이 눈을 부라리며 치켜떴다.

"쿨파 막시마."** 작은외삼촌은 시선을 딴 데로 돌린 채 내뱉었다.

"카스티가무스."*** 큰외삼촌이 받아쳤다.

하지만 두 사람이 라틴어로 주고받는 이 대화에서 바람직한 결과를 기대하기는 어렵다는 것을 직감할 수 있었다.

---

* 그리스인들에 대한 인종차별주의가 내포된 알바니아어의 관용어.
** Culpa maxima, 대역죄.
*** Castigamus, 우리는 징계한다.

아무튼 나는 그런 식으로 계속 대화가 이어지지는 않을 거라 믿었다. 하지만 작은외삼촌은 싸움거리를 놓치거나 할 위인이 아니었다.

"'말하기 뭣하지만'이라고 하셨어요?" 할머니에게 작은외삼촌이 쏘아붙였다. "'말하기 뭣하지만 키초 르 그레코한테서'였다고요? 왕정 시대 때처럼 말이죠. 농사꾼 키초를 말하는 건 똥통을 말하는 거나 같다는 거죠?"

할머니는 손에 숟가락을 든 채 할 말을 잊고 있었다. 주변에 짙은 침묵이 깔렸다.

"아!" 마침내 할머니가 입을 열었다. "나도 모르게 나온 말이다. 어쨌거나 난 이제 늙은 할망구에 불과하잖니."

작은외삼촌의 분노 서린 매서운 눈초리가 이번에는 바바조에게로 향했다.

"아버지가 사반세기나 소수 민족인 그리스 농사꾼들을 착취한 것으로 모자라서 이제 어머니마저 우릴 다시 바보로 만드시려는 건가요? '말하기 뭣하지만 그레코 아무개……'라고요?"

"입 닥쳐라!" 힐머니가 소리쳤다. "네 아버진 농사꾼들에게 아무 잘못도 안 하셨어! 결국 네 아버지가 그 사람들을 먹여 살린 거야!"

순간 바바조의 눈에 가슴을 에는 비통한 빛이 서렸다. 바바조는 아들에게, 그리고 아내에게 무언가 할 말이 있는 듯싶었지만, 늘 그렇듯 끝내 입을 열지 않았다.

"저녁엔 바이올린, 낮엔 터키어 책. 이 집에서 슬슬 곰팡내가 난다고요!"

작은외삼촌은 지긋지긋하다는 표정으로 투덜댔다.

갑자기 작은이모가 참견하고 나서며, 터키어는 사용이 금지되어 있으며 심지어 터키에서조차 그렇다는 사실을 일깨워주었다.

그 순간, 들어서는 안 되는 말만 이상하게도 늘 골라 듣는 큰외삼촌이 두 손으로 머리를 감싸 쥐었다. 그러고는 온 유럽과 오스트레일리아를 통틀어 제일 한심한 이야기들이 이 지붕 아래서 오가는 중이라고 단언했다. 터키어가 금지된 게 아니라 터키어 알파벳이 로마어 알파벳으로 대체된 것임을 상기시키면서.

"내 말이 그 말이야!" 작은이모가 맞받았다. "결국 그게 그거지 뭐야!"

"멍청한 여자나 알파벳과 언어를 그게 그거라고 생각하겠지."

작은이모의 손에서 숟가락이 떨어졌다.

"그러니까 네 눈엔 내가 그렇게 보인단 말이지? 멍청한 여자로?"

작은이모는 이렇게 말한 뒤 대답을 기다리지도 않고 접시를 밀어내더니 자리에서 발딱 일어섰다. 예쁜 두 눈에 분노의 눈물이 가득 고인 채로.

바바조는 다시 한번 무언가 말하려 했지만, 언제나 그랬던 것처럼 그대로 잠자코 있었다.

5
도비 가와 카다레 가 사람들은 모두 미쳤다

나는 비참한 마음으로 바바조의 집을 나섰다. 드문 일이긴 했지만 하루는 아빠와 이야기를 나누다가, 도비 가 사람들 절반이 미쳤다는 말을 들었다. 그런데 도비 가 사람들의 말을 들어보면 우리 쪽 사람들이 그랬다. 게다가 카다레 가 사람들은 절반이 아니라 전부가 난폭한 미치광이라는 것이었다.

우리 집에 들어서다가, 나는 할머니가 디에모 왕고모와 늘 그렇듯 층계 위에서 작별 인사를 나누고 있는 모습을 보았다. 두 분 모두 촛대처럼 꼿꼿하고 키가 훌쩍 컸다. 특히 디에모 왕고모를 가리켜 사람들은 우리 가문 특유의 광기가 드러나는 전형적인 인물이라고 했다.

왕고모는 이미 왕정 때부터 거만하기로 명성이 드높았는데, 그같은 명성은 체제가 바뀌면서 다른 많은 것들처럼 빛을 잃기는커녕 오히려 더 높아져만 갔다. 게다가 왕고모는 알바니아를 통틀어 늙은 여자들 가운데 유일하게 '퇴폐적'이라는 판정을 받은 인물이었다. 집단에 대한 경멸과 동의어로 사용되는 이런 용어로 사람들은 구역 모임에서 그녀가 보여준 오만한 태도에 낙인을 찍은 것이다.

이런 정신적인 일탈을 대표하는 또 다른 인물은 우리 사촌인 렘지 카다레였는데, 그는 방이 마흔 칸도 넘는 어마어마한 저택을 단 일주일 만에 노름으로 몽땅 날린 위인이었다. 들리는 소문에 의하면 그가 처음에 내건 것은 3층이었는데, 3층은 월요일 자정에서 화요일로 넘어가는 시점에 상대방에게 완전히 넘어갔다. 그다음 2층은 수요일에 끝장을 보았다. 그리고 목요일 자정 무렵엔 1층을 날렸다가 다음날 새벽녘에 2층 절반과 함께 되찾았다. 여기서 용기를 얻는 듯했지만 토요일과 일요일 밤 사이에 상황은 점점 악화되었다. 결국 그는 2층을 몽땅 날렸고, 내처 지하실과 헛간, 물탱크, 마당, 그리고 행랑채까지 잃었다. 그러다가 대문의 차례에 이르러서야 퍼뜩 정신을 차려야겠다는 생각을 하게 되었다. 그는 거기서 노름을 마무리 지은 다음, 이 대문을 소유하는 한 렘지 카다레는 여전히 건재할 것임을 장담했다! 그러고 나서 그는 머리에 총을 쏘아 자살할 작정으로 사촌 체르치즈 초촐리에게 권총을 빌려달라고 부탁했다. 자신의 은제 총 역시 노름으로 날렸기 때문이다. 이렇게 그는 빈털터리가 되어 아내도 없이 나막신을 신고 거리를 떠돌았고, 밤이 오면 이탈리아 군 담요로 몸을 감싼 채 자기 집 문 앞에 쪼그리고 앉아 있었다. 사람들이 빈정대며 이 문을 '아서 왕의 휴식처'라 부르게 된 것도 그 때문이었다.

계단 꼭대기에서 할머니와 디에모 왕고모는 여전히 작별을 고하면서도 좀처럼 떨어질 줄을 몰랐다. 언젠가 두 사람이 현기증이 나서 긴 계단 밑으로 굴러 떨어지고 말 거라 나는 확신했다.

나는 방도 복도도 아닌, 어중간하게 생긴 내 왕국에 이르렀다. 그곳에서 일리르와 나는 아무런 방해도 받지 않고 상상의 나래를 마음껏 펼치곤 했다. 우리는 그곳에서 트로이를 끝장내려고 왔던 그 유명한 목마를 만드는 중이었다. 집 지하실에서 우리가 주워다 모아놓은 널빤지와 못이 사방에 흩어져 있었다. 하지만 우리가 생각해낸 목마는 그리스인의 목마와는 달리 이 도시 안으로 침투하지 못할 것이고, 따라서 트로이도 구원받을 것이었다.

나는 대문이 딜거덕대는 소리를 듣고 다시 거실로 올라왔다. 거기에 할머니가 있었다. 화로 옆에는 찻잔과 망원경이 놓여 있었다. 할머니와 왕고모가 창밖의 산과 바실리코브 묘지를 살펴보는 망원경이었다.

"할머니," 내가 물었다. "우리 카다레 가 사람들이 정말 미치광이인가요?"

할머니는 맑고 투명한 눈으로 나를 바라보았다. 대체 무슨 말을 하는 거냐고, 어디서 그런 돼먹지 못한 소리를 주워들었느냐고 평소처럼 다그치는 게 아니라, 잠시 생각에 잠긴 채 그대로 있었다. 그러더니 이윽고 웅얼대듯 말했다.

"이 도시 사람 절반이 다른 절반을 두고 그렇게 말하지. 그러니 넌 다른 일에나 신경 쓰렴!"

난 할머니의 말씀대로 더이상 생각하지 않으려고 잠시 무진 애를 썼지만 결국 다시 이렇게 물었다.

"그럼 나는요? 나도 미치광인가요?"

할머니는 억지웃음을 떠올리며 내 머리를 쓰다듬었다.

"넌 어린아이니까 당연히 미치광이지."

하지만 그런 대답으로는 내 호기심이 채워지지 않았음을 알고 할머니는 계속 내 머리를 쓰다듬었다.

"이름은 기억나지 않는다만, 그 뭐라던가 하는 도시를 구하기 위해 네가 만들고 있는 목마 말이다. 먹는 데에만 정신이 팔린 무피트 토로에겐 미친 짓으로 보일 게다. 하지만 난 아니야."

"왜 그렇죠, 할머니? 그건 어떻게 아셨어요?"

"난 알지." 할머니는 이렇게만 대답했다.

"트로이가 뭔지도 모르시면서 어떻게 그런 걸 아신단 말씀이세요?"

할머니는 잠깐 생각에 잠기더니 입을 열었다.

"난 네 머릿속에 든 게 고결한 생각이라는 걸 안다. 나머진 별로 중요하지 않아."

난 할머니를 더이상 피곤하게 하고 싶지 않았다. 할머니가 디에모 왕고모와 이미 많은 이야기를 나눈 참이라는 걸 알고 있었으니까 말이다. 하지만 할머니가 내 머릿속에 든 것이 뭔지 대체 어떻게 안단 말인지 의문을 떨쳐버릴 수가 없었다.

난 네 머릿속에 뭐가 들었는지 알아 하고 사람들이 확신하며 좋아한다 해도, 다른 사람의 머릿속에 정말 뭐가 들었는지 아는 사람은 아무도 없다고 난 굳게 믿고 있었다. 예를 들어 한창 수업중인 요르가치 선생님이 볼을 잔뜩 부풀려가며 폭풍우가 무언지 설명하고 있다고 하자. 난 열심히 설명을 듣는 척한다. 폭풍우가 우루과이의 염소와 소, 지붕을 들어 올려 예컨대 덴마크까지 실어가는 그런 일이 내게 정말로 중요하다는 듯이 말이다. 하지만 사실 난 전혀 다른 데 정신이 팔려 있다. 말하자면 일리르가 소비에트 연방의 우표와 맞바꾸자고 한 헬베티아* 우표라든

---

* 프랑스 혁명군이 스위스를 점령한 뒤 세운 공화국(1798. 3. 29).

지, 아니면 이틀 전에 여자 화장실 천창으로 몰래 훔쳐본 예쁜 유대인 소녀 그라치엘라 메나헴의 아랫배 밑 거무스레한 흔적 같은 것 말이다.

할머니는 수년 전 나를 흔들어 재울 때의 그 낮고 특이한 음성으로 설명하기 시작했다. 내 머릿속에 무엇이 들었는지 할머니가 아는 데에는 다 이유가 있다고. 죽음이 점점 다가올수록 예전에는 알아챌 수 없었던 몇 가지 일들을 더 분명히 볼 수 있게 된다고.

그러면 할머니가 돌아가시는 날에는 모든 걸 볼 수 있게 되는 거냐고 내가 묻자 할머니는 쓸쓸한 미소를 지으며 말했다. 모든 어둠이 사라지는 그 순간에는 신께서 피조물의 입술을 봉해서 피조물은 자신이 보았던 것을 다른 사람들에게 이야기할 수 없게 된다고. 그렇게 해서 사람들은 지고의 비밀을 혼자만 간직한 채 차례로 줄지어 이 세상을 떠나는 거라고.

밤에 나는 엄청난 비밀을 간직한 채 떠나는 사람들에 대해 할머니가 하신 말씀을 비몽사몽간에 되새겼다. 또 그리스에서 추방당한 참족*의 쇠사슬과, 공산당이라는 유령에 홀려 자살을 시도했던 작은외삼촌, 페로 루카의 입속 충치 등을 떠올렸다.

---

* 그리스에 대항한 알바니아 소수 민족.

이런 것들을 머릿속에서 이리저리 뒤적거리다 싫증이 나자, 결국 내가 제일 즐겨 상상하는 대목으로 생각의 물꼬를 돌렸다. 즉 일리르와 내가 어떻게 트로이 내부로 침투할지에 대해서 말이다. 우리는 목마 안에 숨어 있다가, 트로이인들에게 그리스 군대가 트로이를 포위하고 있다고 알려주기 위해 한밤중에 목마에서 나올 것이다. 그런 다음 우리가 한 번도 발을 들여놓은 적 없는 이 도시의 경찰서를 찾아 나설 거다. 사람의 그림자도 얼씬하지 않는 거리, 어둠 속에 묻힌 건물들 사이를 지나서. 그 건물들 어딘가에 아름다운 헬레네가 잠들어 있을지 모를 일이다. 그렇게 '끔찍한' 전쟁이 일어난 걸 보면 헬레네의 아랫배 밑 검은 털은 그라치엘라 메나헴의 그것보다 백 배는 더 풍성했을 게 틀림없다. 그러는 동안 잠이 엄습해왔다. 이런 순간에 트로이에 기댈 수 있다니 난 운이 좋은 거라고 혼자 생각했다.

　어떻게 머릿속이 생각들로 가득 차게 되는지, 또 어떻게 한 생각이 사라지면 다른 생각들이 자리 잡게 되는지, 머릿속이 텅 빈 사람들은 스스로를 어떻게 느끼는지, 나는 이런 것들을 수십 번도 더 되씹어보았다. 얼마나 많은 머리, 머리들이 이 세상에 있는가 몰라! 디에모 왕고모는 언젠가 이렇게 탄성을 올렸다. 정말 어떻게 그처럼 많은 생각이 존재할 수 있는 거지? 어떤 날 밤에는 이런 상상을 하다 보면 두려움에 휩싸였다. 아빠 생각, 히틀러 생각, 그라치엘라 생각, 집시들 생각……

밤이면 모든 사람들의 머릿속에는 더 많은 생각이 우글댔다. 그 가운데 사람들이 알아채지 못하도록 변장을 한 광기가 교묘히 스며들어 있었다.

내가 미치지 않은 게 얼마나 다행인지 몰라! 나는 마침내 잠 속으로 서서히 빠져드는 걸 느끼며 생각했다. '광인들의 골목길'로는 다시는 가지 말아야지. 거기엔 이성을 잃게 될지도 모르는 위험이 도사리고 있으니까. 이 사실을 나는 이제 분명히 깨닫고 있었다.

6
라틴어 교사들이 구타당하고
옛 유령이 어슬렁거리는 겨울의 문턱

한 주가 울적하게 시작되었다. 미처 예기치 못한 사건들이 바야흐로 일어날 참이었다. 우리 집에선 강낭콩을 곁들인 고기 요리가 나왔다. 일리르의 엄마는 치즈파이를 만들었는데 아쉽게도 너무 짜서 먹을 수가 없었다. 일리르는 엄마가 새 실크 속옷을 살 때마다 그런 일이 일어난다고 내게 설명해주었다. 엄마가 혼이 나간 여자처럼 눈동자가 흐릿해져서는 마치 누군가를 기다리는 듯 몇 시간이고 창가에 서 있다는 것이었다.

우리는 목마를 만드는 작업을 계속 진행했다. 악천후 때문에 아빠는 우편물을 전하러 간 외딴 벽지에 토요일부터 발이 묶여 있었다. 우리는 그 기회를 놓치지 않고 머릿속에 떠오르는 착상을 실행에 옮겼다. 그리하여 오후 내내 집 안에는 우리가 두드려 대는 망치 소리가 진동했다.

그러다 월요일에 아빠가 불쑥 나타났다. 창백한 얼굴에 신경이 곤두선 채 잔뜩 움츠린 아빠의 모습에 우리는 겁을 먹었다. 아빠는 잠시 동안 멍하니 우리를 바라보며 그대로 서 있기만 할 뿐 이상하게도 아무 말이 없었다.

그런 아빠 앞에서 일리르는 두려움과 존경의 감정을 좀처럼 숨기지 못했다. 당장이라도 녀석이 "하일 히틀러!" 하고 소리칠 것만 같았다.

아빠가 층계를 올라가고 침묵이 찾아든 순간, 일리르에게 보여 주려고 바바조의 집에서 슬쩍한 사진 한 장이 머리에 떠올랐다.

나는 말없이 그 사진을 꺼내 녀석에게 보여주었다.

"이 사람이 누군데?" 일리르가 물었다.

"내가 말한 우리 바바조야."

일리르가 입술을 비죽 내미는가 싶더니 갑자기 소리를 질렀다.

"거짓말 마! 이 사람은 블로레의 노인이야. 맨 처음 깃발을 쳐들었던 바로 그 사람!"

난 거짓말쟁이 취급받아 화가 나긴 했지만, 바바조가 알바니아 창건자와 닮았다는 사실을 일리르를 통해 확인받으니 기분이 좋아졌다.

"미안하지만 네 생각은 틀렸어. 바바조는 당신이 국가를 세웠다는 건 인정하지 않지만, 그래도 이 사람은 분명 우리 바바조야."

일리르는 나지막이 쯧쯧, 혀 차는 소리를 내면서 사진을 계속 들여다보았다.

"이 사람은 분명 알바니아 창건자야." 녀석이 고집을 피웠다. "왜 네 바바조가 그걸 그렇게 숨기려 하는지 모르겠어."

우리는 그 답을 알아내려고 잠시 머리를 쥐어짜며 생각해보았다. 바바조가 잊어버린 걸까? 후회가 되어 이제 잊고 싶은 걸까? 아니면 그저 기억 못 하는 척하는 걸까?

이런저런 가정 중에 뭘 택해야 할지 알 수 없었다.

"어쩌면 이제 노망이 나신 건 아닐까?"

일리르의 말을 들으니 마음이 괴로웠다. 녀석의 입에서 그 말이 나오기 전에 나 역시 그런 생각을 했지만 말이다.

"맞아, 그거야." 잠시 후 일리르가 다시 말을 이었다. "분명 머리가 어떻게 되신 거야. 그렇지 않고서야 터키에서 알바니아를 빼내려고 그 고생을 해놓고 이제 와서 네가 말한 대로 하루 종일 터키어로 된 책을 읽느라고 시간을 보내진 않으실 테니까!"

이 말을 듣고 나니 난생처음으로 바바조가 원망스러워졌다.

"그게 전부가 아니야." 내가 말했다.

지난주 식사중에 바바조의 아들, 그러니까 내 작은외삼촌이 바바조를 그리스 민족 억압자로 취급했다는 사실도 나는 일리르에게 털어놓았다.

일리르는 뾰로통한 표정을 짓더니 흠, 흠, 하고 목청을 가다듬고 말했다.

"그리스인에 관한 한, 할 말이 없어. 그들이 한 방 날리면 우리도 한 방 날리고 한 거니까……"

이렇게 일리르와 대화하기가 몹시 힘든 날도 있었다.

마침 계단을 내려오는 아빠의 발소리가 들렸다. 그 순간 일리르는 거의 차려 자세가 되다시피 했는데, 아빠는 고개도 돌리지 않고 우리의 진영을 지나쳐 가버렸다.

✶

그라치엘라 메나헴이 이스라엘로 떠나게 되었다는 사실을 우리가 불시에 통고받은 건 수요일 오후였다. 그라치엘라 메나헴이 유대인이고, 마을에 하나밖에 없는 약국 주인인 그녀의 아버지 메나헴 박사 역시 유대인이라는 건 누구나 알고 있었지만, 이스라엘에 대해선 아직 아무것도 아는 게 없었다.

우리 반에서는 작은 송별회를 마련했고, 거기서 우리는 많은 사실을 알게 되었다. 요르가치 선생님이 말할 차례가 되자, 선생님은 다음과 같이 운을 뗐다. 알바니아는 한때 우방이긴 했지만…… 말하자면 독일의 우방이었다는 말인데…… 아니, 그보다는 독일이, 말하자면…… 알바니아의 우방인 척했지만…… 또 알바니아 정부가 친독일 성향을 보이긴 했지만…… 그렇긴 해도……

요르가치 선생님이 갈피를 못 잡는 듯하고 '말하자면'이나 '했지만' 같은 말을 하도 되풀이하며 횡설수설했기 때문에, 한순간 나는 그라치엘라 부녀가 곧 수용소로 보내지는 건 아닐까 의심하기에 이르렀다. 하지만 다행히 선생님은 다시 정신을 가다듬고는 짤막짤막한 문장으로 거의 호소하다시피 말을 이어갔다. 알바니아는 아주 작은 나라이긴 하지만 전쟁 내내 시종일관 유대인들을 보호한 사실을 자랑스럽게 여기며, 이제 그들을 고국 이스라엘까지 데려다주고 있노라는 내용이었다. 메나헴 박사 역시 비슷한 말을 했다. 우선 그는 자기 가족이 이 집 저 집으로 숨어 다니는 동안 아무도 밀고한 사람이 없었다고 말했다. 동료

의사로서 마을에서 가장 명성이 높은 바바메토 부자 역시 자기를 배신하지 않았노라고. 이런 이야기를 하며 그는 끝내 눈물을 흘리고 말았다.

상상이 가겠지만 그라치엘라와 학급의 여자애들은 물론 요르가치 선생님까지 합세해 함께 울었다. 그리고 떠나야 할 순간이 닥치자 그라치엘라는 우리 모두를 차례로 한 사람씩 포옹했다. 일리르는 그 자리에서 그녀를 사랑하게 되었고, 삼 초 뒤 내 차례엔 나 역시 지체 없이 그녀와 사랑에 빠졌다.

이윽고 그라치엘라는 우리에게 마지막으로 손을 흔들며 절대로 알바니아를 잊지 않겠다고 말했다. 그 순간 나는 아직 정신이 흐리멍덩한 상태이긴 했어도 다시 바바조에 대한 원망이 솟구치는 걸 느꼈다. 유대인 소녀도 저런 식으로 자신의 감정을 표현하는데, 알바니아 국기를 높이 쳐들었던 장본인인 바바조는 알바니아가 건립되자마자 이 나라를 까맣게 잊고 말았으니까 말이다.

목요일 내내 일리르와 나는 여전히 충격에서 헤어나지 못한 채 마음이 뒤숭숭했다. 송별회 때 우리는 이스라엘 국기에 새겨진 별은 뾰족각이 다섯이 아니라 그보다 더 많다는 사실을 알게 되었고, 수학 시간에는 그 별을 그리느라 시간을 보냈다. 내가 그린 별들은 뾰족각이 일곱 개였지만, 일리르는 자기가 그라치엘라를 더 사랑한다는 걸 보여주려 했는지 뾰족각이 열둘인 별을 그렸다.

이런 흥분된 감정은 예기치 않은 한 사건이 일어나지 않았다면 금요일까지 지속되었거나 더 고조되었을지도 모른다. 고등학교에서 라틴어 교사들이 흠씬 두들겨 맞은 이 사건을 보려고 온 도시가 들썩였다.

상급생들의 교정에서 벌어진 이 난동을 보기 위해 잡다한 군중이 거리에 나와 있었다. 사람들 대부분이 말없이 지켜보고 있었지만, 여기저기서 들뜬 외침이 터져 나오곤 했다. "아베 세자레, 에이 모리투리 테 살루탄트!"*라고 적갈색 머리의 남학생이 소리쳤다. 그런가 하면 한바탕 크게 웃음을 터뜨리는 사람들도 있었다. "릴로, 제발 부탁이다, 애야. 선생님들께 손을 대선 안 돼!"라고 애원하는 여자의 목소리도 들렸다. 그러자 잇달아 "쿠오 우스쿠에 탄뎀 카틸리나 아부테레 파텐티아 노스트라!"**라고 외치는 적갈색 머리의 쉰 목소리가 들려왔다. 또 한 명은 돌 위에 올라서서 "우르비 에트 오르비!"***라고 목청껏 외쳤다. 그

---

* "안녕하십니까, 황제 폐하, 폐하께 목숨을 바치려는 자들이 문안 드립니다!" (라틴어)
** "도대체 어디까지 카틸리나가 우리의 인내심을 남용할 것인가!" (라틴어)
*** "로마 시와 전 세계에!" (라틴어)

리고 옆에서는 다른 한 명이 "아드 호크! 아드 호크!"*라는 말을 지겹게 반복했으며, 또 한 명은 "다 즈드라브스트부예트 러스키 야지크!"**라고 소리질렀다.

라틴어 과목을 폐강시키려는 움직임이 일고 있었으며, 프랑스어 과목도 마찬가지였다. 고대 그리스어 과목은 이미 폐강되고 없었다. 이 모두를 러시아어 과목이 대체했다. "러시아어 만세!" "스탈린 만세!" 같은 구호가 점점 더 우렁차게 울려 퍼졌다.

교정 한복판에 이는 군중의 술렁임으로 미루어, 무언가 새로운 일이 일어나고 있음을 알 수 있었다. 교사들이 우악스러운 손들에 붙잡혀 바깥으로 내동댕이쳐졌다. 하나같이 일그러진 얼굴들이었다. 모두 슈코드라 출신의 가톨릭 신자였는데, 그중에는 이름을 알 수 없어 그저 '마담'이라고만 불렀던 프랑스어 여교사도 끼어 있었다.

"교황은 물러가라!" "프랑스는 물러가라!" "소비에트 연방 만세!" 이렇게 외치는 소리가 들려왔다.

"헵타 에피 테바스!"*** 한 포동포동한 남학생이 외쳤다. 하지

---

* "적격이야! 적격이야!"(라틴어)
** "러시아어 만세!"(러시아어)
*** 그리스어로 '테베에 대항한 7인'이라는 뜻으로, 고대 그리스의 비극 시인 아이스킬로스의 작품 제목.

만 고대 그리스어 교사는 자취도 없이 사라진 뒤였다. 이 교사가 기절을 했다는 말도, 그에게 주사를 놓는 중이라는 말도 들려왔다. 화학 실험실에서 이미 교살되지 않았다면 말이다!

*

고등학교에서 발생한 이 사건으로 사람들은 큰 혼란에 빠졌다. 러시아어에 대한 존경의 표시로 알바니아어가 금지될 것임을 암시하는 말이 나돌았다. 그러나 그것은 적들이 유포한 소문이라는 반론과 함께, 금지될 언어는 알바니아어가 아니라 게그 방언이라는 주장이 곧 제기되었다. 그러다가 스물네 시간 뒤에는 이 반론 역시 헛소리로 간주되었다. 게그 방언이 모두 금지되는 건 아니고 가톨릭 성직자들이 사용하는 일부 언어만 금지되는 것이라는 주장이 나오면서였다.

월요일이 되어 놀라운 뉴스가 전해지지 않았다면 이런 소문이 꼬리에 꼬리를 물고 어디까지 갔을지 모르는 일이었다. 그동안 베일에 가려져 있던 공산당이 마침내 모습을 드러냈다는 뉴스였다.

중대한 소문이 늘 그렇듯이 이 소문 역시 처음에는 낮은 목소리로 오가다가, 정오 무렵 라디오에서 발표가 있은 뒤에는 온 도시로 퍼져나갔다.

소문을 둘러싼 불확실한 점들이 정당한 것인지, 아니면 한낮 오류에 지나지 않는 것인지 분명히 파악하지 못한 채 조심스레 라디오를 경청하던 사람들은 바야흐로 거대한 수수께끼가 풀리고 있음을 정말로 확신하게 되었다. 유령이 종내 모습을 드러낸 것이다.

이탈리아 점령기 동안 지하실이나 구석진 장소에 숨어 살아남은 그것이 이제 권력을 잡게 된 마당에 예전과 마찬가지로, 어쩌면 한층 더 교묘한 방법으로 숨어 지낸다는 게 어떻게 가능한지, 나는 며칠 밤을 새우며 머리를 쥐어짜야 했다.

주민들이 덩어리처럼 엉겨 붙어 시내 중심가로 몰려들었다. '공산당 지방위원회'나 '공산당 시위원회' 같은 새 푯말들이 하나는 양장점에, 또 다른 하나는 수도국에 이제 막 내걸린 모습을 직접 눈으로 확인하기 위해서였다.

사람들은 자신들의 눈을 믿지 못했다. 예전에는 공산당 사무실이 아주 은밀한 장소, 아니면 최소한 옛 성의 지하 묘소나, 이미 전쟁 때 그랬듯이 사람들이 넘어갈 수 없는 고개 꼭대기에 자리한다고 생각한 터였다. "험난한 폴리찬 고개에는 비밀스러운 집무실들이 있다네"라는 노랫말이 증명하듯이 말이다. 하지만 오산이었다. 그것들이 명확한 장소에 공공연히 자리 잡고 있었는데도 모두들 까맣게 모르고 있었던 것이다.

하지만 깜짝 놀랄 일은 그게 전부가 아니었다. 또 다른 놀라운 사건들이 오후 내내 밀어닥쳤다. 공산당 사무실과 동시에 거기에 소속된 당원들이 누구인지가 백일하에 드러나게 된 것이다. 공산당원이라고는 꿈에도 생각지 못했던 자들이 당의 일원이었던 반면, 공산당 초창기 멤버라고 누구나 믿고 있었던 이들은 실은 당원이 아니었다.

사팔눈에다 껑충한 키로 흐느적거리며 걷는 사내가 당원이라 믿는 건 순전히 착각이라고 여겼던 사람들의 예상과 반대로 그는 정말로 공산당원임이 밝혀졌다. 당의 입장에선 키가 크든 작든, 또 사팔뜨기든 장님이든 상관없다는 걸 사람들은 그제야 깨닫게 되었다. 실제로 앞을 못 보는 이들 중 걸출한 영웅이 두 명이나 배출되었기 때문이다.

이처럼 저마다의 정체가 하나씩 차례로 밝혀지면서 사람들은 점점 더 자기 귀를 의심하지 않을 수 없었다. 왕정 시대의 베일이 드리워진 모자를 쓰고 다니는 요염한 여자들의 경우, 사람들은 매번 숙청이 있기 직전이면 그들에게 거주지 지정 명령이 내려지리라 예견했는데, 결국 이 여자들도 당원임이 드러났다. 그런가 하면 고래고래 소리를 지르며 팔로르토의 윗동네와 아랫동네 사람들 모두를 겁에 질리게 했던 포악한 하디이 프테라는 아무엇도 아니었다. 또 바실라치 베르베리의 성상들을 불태운 장본인 역시 당원이 아니었던 반면, 반젤리즈모 교회의 사제와 두 명의 회교 수도승은 창당 시기부터 당원이었음이 밝혀졌다.

혼돈이 점점 더 심해지는 느낌이었다. 공산당원이 아니라는 사실을 부끄럽게 여겨 숨어버린 사람들이 한둘이 아니었던 데 반해, 공산당원이었기 때문에 코빼기도 내보이지 않게 된 이들도 있었다.

사람들이 예견한 대로, 정신착란 증세의 온상지였던 스파케 가에서는 주민 두 명이 미쳐버렸는가 하면, 구시가인 바로슈 가에 사는 하르쇼바트 가문의 한 사람은 웃옷 단춧구멍에 꽃박하를 꽂은 채 머리에 권총을 쏘아 이유 모를 자살을 하고 말았다.

한편 인적이 사라진 거리를 메울 셈인 양, 오랫동안 눈에 띄지 않았던 새로운 무리가 등장했다.

구식 망토에다 한물간 두건을 쓰고 화려한 회중시계를 찬 그들은 어슬렁거리며 넋 나간 듯한 눈으로 행인들을 훔쳐보았다. 행인들 역시 똑같이 멍한 표정으로 이들을 한참씩 바라보곤 했다.

이들로 말하면 예전에 위풍당당함을 과시했던 고위 관리거나 은행장, 혹은 전쟁에서 패배한 장군들로서, 삼십 년 전 오스만 제국이 붕괴된 후로 자신들의 으스스한 대저택 깊숙한 곳에서 말년을 보내고 있던 이들이었다.

대개의 경우 그들은 집 안에 칩거하면서 아주 가끔씩, 그러니까 정부나 정권의 교체가 예견되는 시점에만 외출을 했다. 그리고 자신들의 늙은 사지만큼이나 어눌한 말투로, 옛날 이 도시에서 제일 큰 카페였던 '카페 데 센느'와 이름이 같은 광장으로 통하는 동명의 거리가 어딘지 묻곤 했다.

행인들은 이들을 알아보고는 생각에 잠긴 듯 머리를 끄덕였다. 이들이 다시 나타났다는 것은, 공산주의자들이 백일하에 모습을 드러낸 최근의 새로운 양상이 얼마나 중요한 사건인지를 말해주는 것이었기 때문이다.

7
집집마다 굴뚝 너머로 들려오는 소문들

오래전부터 내가 주목해온 점이 있었다. 그러니까 팔로르토에 있는 우리 집에서 오가는 대화에는 종종 위기를 맞은 왕정이나 급증하는 죽음, 금고형, 특히 101년에 해당하는 금고형 같은 주제가 등장했던 반면, 바바조의 집에서는 아마도 그리스 소작인들이나 집시들 때문이었겠지만 대화가 종내 소수 민족이나 언어 등의 미묘한 주제로 넘어갔다는 것이다. 또 능히 상상이 가는 일로서 자살에 대한 언급도 끼어들었다.

학교에서는 공산당의 보란 듯한 대두를 더없이 반가운 사건처럼 소개했다. 수업에 들어가자마자 요르가치 선생님은 두 팔을 벌리고 감격 어린 목소리로 "빅뉴스다! 빅뉴스야!" 하고 외쳤다. "여러분도 이 빅뉴스를 이미 들었으리라 생각한다!"

잠시 후 선생님은 정신을 가다듬고 우리에게 설명해주었다. 그러니까 이제야말로 무언가를 숨기거나 음모를 꾸미는 따위의 일들이 종식을 고하고 모든 게 솔직담백하게 이루어질 거라고 말이다. 그리고 유고의 티토와 그 끔찍한 검은 난쟁이 코치 조제가 꾸민 일, 즉 우리의 당이 민중과 유리되도록 동굴 속에 피신하게 한 것 역시 다 이유가 있었다는 말이었다. 그러니 티토와 그의 검은 난쟁이는 우리 민중의 고통에 책임을 져야 하며, 다시 말해 그 책임을 회피할 수는……

늘 그렇듯이 요르가치 선생님이 횡설수설하자, 결국 일리르가 목청을 돋우어 "티토 타도!"라고 외쳤고, 연이어 우리 모두 있는 힘을 다해 발을 굴렀다.

그러나 집에서는 이 사건들이 아주 다른 방식으로 해석되는 듯했다. 널찍한 거실에선 디에모 왕고모와 할머니, 그리고 할머니의 여동생인 네시베 카라조지가 커피를 마시고 있었다. 작은할머니는 칠 년 동안이나 불화로 발길을 끊었다가 다시 우리 집을 찾기 시작한 참이었다.

　세 할머니도 이 사건을 두고 이야기를 나누는 게 분명했지만, 각자 무슨 생각을 하고 있는지 알아내기란 불가능했다. 세 사람은 당신들의 말을 내가 이해할 수 없도록 일부러 한껏 기교를 섞어 대화하는 것 같았다. 어쩌면 사건 자체가 도무지 납득하기 어려운 성질의 것이었는지도 모르지만 말이다.

　하여튼 내가 유일하게 알아낸 사실은, 당이 모습을 숨기고 있다 해도 무슨 위협을 받았기 때문은 아니라는 것이었다. 그건 흙 속에서 자라는 움과 같았다. 새싹이 대기에 얼굴을 내민 뒤에 곧바로 닥칠 일들에 대해선 아무도 예측하지 못했다. 벼락을 맞거나, 낫에 베여 쓰러지거나, 저절로 시들어버릴 수도 있었다.

　할머니나 그 친구분들의 생각에, 이 세상이란 바람 앞의 먼지와도 같이 무상한 것이었다. 나무건 정부건 그들이 보기엔 매한가지였다. 그것을 내가 일찌감치 깨닫지 못했다는 사실이 놀라울 따름이었다.

　밤에 잠들기 직전, 문득 내 머릿속에 반짝 불이 켜지는 듯싶었다. 유령이 그렇듯 모든 것이 사람들 눈에 띄지 않음으로써 힘을 키워간다는 깨달음이었다. 이것이야말로 분명 세 할머니가 하려던 말의 진짜 의미라는 확신이 들었다. 다시 말해 유령이 대낮에 모습을 드러내면 힘을 잃고 만다는 것 말이다.

*

 바바조의 집에서 함께한 일요일 점심식사는 그 어느 때보다 실망스러웠다. 난 조바심을 내며 그곳으로 달려갔었다. 바로 거기서, 그러니까 작은이모가 작은외삼촌의 바지를 다린 문제의 그날 처음으로, 눈에 띄지 않는 당의 특성에 대해 이야기하는 것을 들었기 때문이다. 그런데 이 도시 모든 가족의 식탁에서 오갔을 대화의 내용이 정작 바바조의 집 식탁에서는 언급되지 않으리라는 건 미처 예상하지 못한 터였다.

 마치 펼쳐진 책을 보듯 큰외삼촌의 얼굴에서 그 이유를 곧 읽을 수 있었다. 바야흐로 공산당이 모습을 드러낸 지금, 동생이 그 당의 일원이라는 사실을 알고 마음속으로 굴욕을 감수해야 했던 큰외삼촌은 도무지 노여움을 가라앉힐 수 없었던 것이다. 하루는 터키어로 씌어진 바바조의 책들을 태워버리겠다고 중얼거리는가 하면, 다음날엔 집에 불을 지르면 일을 더 간단히 끝낼 수 있을 거라는 말까지 했다.

 안타깝게도 두 외삼촌의 불화는 사사건건 누드러졌다. 이미 테니스 라켓을 따로 쓰더니, 이제는 책까지 내 것 네 것을 구분했다. 또 라틴어는 고사하고 알바니아어로도 서로 말하지 않는 것 같았다.

식탁에서는 당을 둘러싼 복잡미묘한 대화를 피하기 위해 최근에 고등학교에서 일어난 사건들을 도마에 올렸다. 이제는 쓸모없어진 언어들을 두고 왈가왈부하는 집은 이 도시에서 이 집뿐이었을 것이다. 그건 재탕한 요리를 식탁에 내놓는 거나 마찬가지였다.

고등학교에서 벌어진 난동이 화제에 올라도 두 외삼촌은 시큰둥한 반응만 보였다. 두 사람 모두 교사들에게 손찌검을 하지는 않았다. "러시아 만세!"라고 작은외삼촌이 외쳤던 건 사실이지만, 그렇다고 "라틴어 타도!"를 부르짖거나 하지는 않았다. 큰외삼촌으로 말하면 "만세!"도 "타도!"도 외쳐본 적이 없었다.

새로운 사건이라면 이런 일 정도였다.

"네가 집에 갖고 온 교과서는 러시아어로 씌어 있더구나. 그렇게 볼품없는 글자는 처음 봤어!" 작은이모가 작은외삼촌에게 말했다.

그러자 작은외삼촌이 성난 눈으로 이모를 노려보았다. 작은외삼촌은 소비에트 연방에 유학을 신청해둔 것과 동시에 러시아어 공부를 시작한 상태였다. 한편 큰외삼촌은 동생을 약 올리려는 심산에선지 자신은 마자르어가 몹시 마음에 들어 헝가리로 가겠노라고 선언한 바 있었다.

"키릴 문자라고? 그 못생긴 글자들을 그렇게 부른단 말이지?" 작은이모가 다시 말을 이었다.

"또 시작이군!" 작은외삼촌이 받아쳤다.

"왜 그래? 그 글자가 볼품없다는 내 말이 거슬려? 그래서 네 명예에 금이라도 갔어?"

"자기가 무슨 말을 하는지 알기나 해?"

"지존하신 분께서 하찮은 키릴 문자와 사랑에 빠져 허덕인다는 걸 이제껏 몰랐지 뭐야!"

"자기가 딴 데 정신을 팔고 있으니까 물론 그런 식으로 말하는 거겠지!"

"내가 뭐에 정신을 팔고 있는데?"

"뭐냐고? 세상 사람들이 다 아는 일이야. 이탈리아 남자에다 아모레 미오, 뭐 그런 거지!"

"아, 그런 거였군!" 이모가 소리쳤다. "내가 그런 사람으로 보인단 말이지? 그런 것만 생각하는 여자로 보인단 말이지?"

예상한 대로 이모는 자기 접시를 밀어내더니 자리를 박차고 일어섰다. 이모의 눈에 금세 눈물이 고였다.

이모가 무사히 식사를 마치는 건 고작 내댓 번에 한 번쯤이라는 걸 난 이미 눈치채고 있었다.

바바조는 두 사람에게 차례로 힐난의 눈길을 보내며 끼어들 것처럼 보였지만, 늘 그렇듯 한마디 말도 꺼내지 못했다. 이 가족의 고삐를 잡기보다는 이 나라 첫 정부의 고삐를 잡는 편이 손쉬울 듯싶었다.

모두가 입을 다물고 정적이 감도는가 싶었는데, 갑자기 2층 작은이모 방에서 〈오 솔레 미오!〉를 부르는 낭랑한 목소리가 들려왔다.

그렇게 해서 분위기가 누그러지면서 저마다 다시 식사에 몰두하기 시작했다.

오후에 나는 정원에 나가보았다. 나무들이 하나같이 생기를 잃은 듯, 유령들보다 더 비현실적으로 보였다. 행랑채 문 앞에 집시 아이들이 서서 그다지 상냥하지 않은 눈길로 나를 쏘아보았다.

"자, 어디 한번 우릴 예브지트* 취급해보시지!" 아이들 중 한 명이 협박조로 말했다.

이제 그 말이 법으로 금지되었음을 마흔여덟 시간 전에 학교에서 우리한테 일러준 바 있었다.

나는 뭐라 대답해야 할지 몰라 콧등만 문질러댔다. 그 말이 무슨 말로 대체되었는지 아직 몰랐기 때문이다.

"그렇게 불러봐. 용기가 있으면!"

---

* 알바니아어 evgjit(떠돌이 집시)는 집시들을 비하해 일컫는 말이다.

바로 그때 페로 루카가 집 안에서 급히 나오더니 자기 아들에게 따귀를 한 대 갈겼다.

나는 속이 울렁거렸다. 목구멍을 포함해 내 몸의 다른 부위들이 당장이라도 폭발할 것만 같았다. 행랑채를 따라 왔던 길로 되돌아가다가, 그사이 집 안에서 싸움이 벌어졌음을 깨달았다.

작은이모의 방 옆 베란다에 소설책 한 권이 떨어져 있는 게 눈에 띄었다. '사랑의 심연'이라는 제목의 책으로, 의자 위에 아무렇게나 내팽개쳐져 있었다. 그때 문득 두 외삼촌이 각자의 책들을 회수했다는 말을 들은 기억이 났다. 나는 그 사실을 직접 확인하기 위해 외삼촌들의 방으로 발길을 돌렸다. 무슨 일이 벌어졌는지 첫눈에 알아차릴 수 있었다. 책들은 정말로 재분배되어 있었다. 그런데 한 명은 『맥베스』를, 다른 한 명은 『햄릿』을 차지한 걸 보니 마음이 좀 놓였다. 서로에 대한 적대감이 생각만큼 돌이킬 수 없는 것은 아님을 짐작할 수 있었기 때문이다. 막심 고리키의 『어머니』가 끼어 있는 책더미 쪽은 작은외삼촌의 책들임을 알 수 있었다. 반면 큰외삼촌의 책더미에는 늘 내 호기심을 잡아당겼던 '코소보, 알바니즘의 발상지'라는 제목의 책이 들어 있었다. 작은외삼촌이 입에 담기 꺼리는 듯했던 책이었다. 그 밖에 알바니아어와 라틴어의 두 언어로 씌어진 키케로가 있었고, 프라그 바르디*의 책, 도스토예프스키 프랑스어 번역서 몇 권,

제르지 피슈타**와 프로이트의 책 몇 권이 더 지루해 보이는 다른 책들 사이에서 눈에 띄었다. 어떤 원칙에 따라 책들을 나누어 가졌는지는 알 수 없었다.

예전에도 몇 번 그랬듯이 나는 『코소보, 알바니즘의 발상지』 서문을 대충 훑어보았다. 아무도 그 책에 대해 말하지 않는 건 분명 내용이 전혀 이해되지 않았기 때문일 것이다.

사실 그리 간단한 문제가 아니었다. 발상지가 같다는 이유로 두 민족이 서로 적이 되었으니까 말이다. 그건 마치 누나와 남동생, 나, 세 사람이 함께 자란 요람을 두고 나중에 다투는 것과 다름없었다. 이건 내 거야, 아니야, 하고 서로 주장하면서.

그 문제에 대해 내가 물을라치면 사람들은 함구를 명했다. 입 다물어, 이런 일을 이해하기에 넌 너무 어리니까.

바바조가 지금보다 말을 많이 하던 시절에 바바조에게 물었어야 했는데. 그가 국가의 창건자라는 사실에 대해서는 이제 털끝만큼의 의심도 없었다. 또 겉보기와는 반대로 바바조가 모든 걸 알고 있다고 난 믿어 마지않았다. 외관과 실제가 전혀 다른 세상에서 스탈린은 통치자 행세를 했지만, 그의 의견을 묻는 이는 아무도 없었다. 또 엔베르 호자는 검은 난쟁이를 쓰러뜨린 척

---

* 알바니아의 중세 작가.
** 19~20세기에 활동한 유명한 알바니아 작가.

했지만 실제로는 이를 활짝 드러내고 웃을 줄밖에 몰랐다. 그렇다면 바바조 역시 남의 눈에 보이려 애쓰는 것과는 아주 다른 사람임이 분명했다. 한낱 겁쟁이인 사람이 대장처럼 행세하는 것과는 반대로, 실제로 무쇠 같은 손으로 국가를 다스렸던 바바조는 겁쟁이처럼 보이려 하고 있었다. 바바조 말고는 아무도 읽을 수 없는 책들, 쉴 새 없이 연기를 토해내는 파이프, 충실한 시종 페로 루카와 바이올린을 통해 끊임없이 교환하는 의미심장한 신호들, 이런 것들이 바로 그 증거였다. 바바조의 아내로 말하면, 밀가루 반죽처럼 희고 부드러운 팔이 아이의 응석을 받아주는 할머니 같은 인상을 주었지만, 실제로는 맥베스 부인처럼 냉혹한 여자일지도 몰랐다.

문이 삐거덕대는 소리에 나는 소스라치게 놀랐다. 손에 책을 든 채 졸고 있었던 것이다. 나는 현장에서 범행을 들킨 사람처럼 자리에서 벌떡 일어섰다. 어두워지기 전에 집으로 돌아가거라, 하고 할머니가 다정한 목소리로 말했다.

나는 집을 향해 거의 뛰다시피 발길을 옮겼다. 농부들이 룬제리로 돌아가기 위해 물건을 거두어들이는 걸 보려고 큰 장터에서 멈춰 서지도 않았고, 난데없이 나타난 두 독일인 죄수가 두 주 전부터 낡은 시청 건물 앞에서 정문을 고치는 광경을 보려고 기웃거리지도 않았다.

라보비티 의사의 대저택 옆, 누구의 소유인지 아무도 모르는 정원 담벼락 너머에서 목소리의 주인을 알 수 없는 노랫가락이 흘러나왔다.

러시아로 가는 길에서
넌 지루해 죽을 지경이다.
마부도 지쳐 있다
회색 벌판에서……

집은 평소보다 훨씬 어둡게 느껴졌다. 집 안에 쥐 죽은 듯한 정적이 감도는 게, 마치 거기 사는 사람들이 서로를 찾다 포기하고 저마다 다른 층에 들어박혀 있는 듯한 인상을 주었다. 겨울 방의 벽난로 위에는 아빠가 우리한테 읽으면 안 된다고 한 꿈 해몽 책 한 권만이 놓여 있었다. 거실에는 할머니가 긴 외투를 두른 채 졸고 있었다. 오래전에 식어버린 화로 옆에는 망원경과 커피잔들이 놓여 있었다.

나는 망원경을 집어 들고 창밖의 산들을 살폈지만 밤이 어디서 오는지, 그리스에서 오는지 중앙 알바니아에서 오는지 알아낼 수는 없었다. 틀림없이 할머니도 이런 식으로 당신의 죽음이 어느 쪽에서 다가오고 있는지 추측해보려 했을 것이다.

순식간에 산들이 캄캄해졌다. 지금처럼 어려운 시기에 산들을 마주한 도시가 마치 잘못을 저지르다 들킨 사람 같은 모습을 하고 있는 거라고 나는 상상해보았다.

정확히 무슨 잘못인지는 아무도 몰랐다. 어쩌면 도시라는 사실 자체로 거북함을 느끼기에 충분한지도 몰랐다.

어둠이 성큼성큼 내려와 도시를 집어삼켰다.

이제 라틴어와 프랑스어는 어디에서 찾을 수 있다지?

아무도 그 언어들을 생각하지 않게 되었다. 고대 그리스어는 말할 것도 없었다. 목마 때문에 일리르와 나는 예외였다. 그 운명의 밤이 닥치면 우리에겐 고대 그리스어가 필요할 테니까(저, 파출소가 어딘가요? 프리암 궁은 어디죠? 사람들에게 이렇게 물어보려면 말이다).

'마담'에 대해서도 사람들은 이제 생각하지 않게 되었다. 프랑스어 과목이 폐지된 직후 프랑스어 여교사가 몰라볼 만큼 변했다는 사실만 알고 있을 뿐이었다.

*

당이 만천하에 모습을 드러낸 그다음 한 주는 별다른 소문 없이 지나갔지만, 잇따른 한 주는 '마담'에 대한 쑥덕거림으로 내내 시끄러웠다.

그녀가 몰라보게 변했다는 말만으로는 충분치 않았다. 단 며칠 사이에 완전히 다른 사람이 되어버렸으니까 말이다.

우선 그녀가 쓰고 다니던 깃털 달린 모자와 모피 옷이 사라졌다. 뒤이어 하이힐을 신고 엉덩이를 흔들며 걷던 걸음걸이, 입술 연지도 볼 수 없게 되었다. 이런 놀랄 만한 광경에 이어 '마담'이라는 호칭마저 잊혀지고 말았다.

사람들은 갑자기 마비 상태에서 깨어나기라도 한 듯, '마담'이 실은 하즈무라트 가에 사는 막불레 슈티노에 불과하다는 사실을 떠올렸다. 그때까지만 해도 아직 대다수 사람들은 그녀를 프랑스인이나 캐나다인이라 여겼지만 말이다(이 경우에도 사람들이 그저 그렇게 믿은 척한 거라고 나는 확신했다).

바로 그 한 주 동안에 만사가 과거의 질서를 되찾게 되었다. 이제 막불레로 통하는 마담은 예전엔 누가 알바니아어로 말을 걸라치면 입을 꼭 다문 채 상대방을 위아래로 훑어보았는데 지금은 프랑스어는 한마디도 모른다는 표정이었다. 또 그것만으로는 모자랐던지 이 도시의 초상집이란 초상집은 모조리 찾아다니며 밤을 새웠다. 예전 같았으면 아무도 알아볼 수 없게 갈겨쓴 명함을 보내는 걸로 만족했을 텐데 말이다.

그녀는 이제 초상집을 방문하는 것으로 그치지 않고 어느 모로 보나 감탄할 만한 감정을 실어 목 놓아 울어대는 과업까지 완수했다.

그 의외의 광경 앞에서 사람들은 진짜 이유를 찾아야겠다는 생각을 하게 되었다. 결국 두 가지 가정이 입에서 입으로 떠돌았다. 발칸 국가의 진정한 딸이었던 그녀 안에 그때까지 프랑스어로 인해 억눌려 있던 울음보가 터졌다는 것이 첫번째 가정이었다. 그런가 하면 그녀가 초상집에서 밤새 곡을 하는 건 죽은 자들을 애도해서가 아니라 사라져버린 자신의 프랑스어 때문이라는, 더 그럴듯해 보이는 두번째 가정이 있었다.

8
임종을 맞은 바바조.
그는 분명 알바니아의 수수께끼를 모두 다 알고 있지만
타인과 공유하지 못하도록 신이 가로막고 있다

꼭두새벽에 누군가 대문을 두드리는 소리가 들렸다. 맨 먼저 일어난 사람은 늘 그렇듯이 아빠였다. 그다음엔 할머니였고, 이윽고 엄마도 일어났다.

아빠는 문을 두드리는 이가 누군지 겨울 방 창문 너머로 확인

한 뒤 걸쇠를 들어 올리는 끈을 잡아당겨 대문의 빗장을 풀었다.

바바조가 임종의 순간을 맞게 되었다는 비보였다.

아빠는 여러 칸의 침실과 집의 다른 공간을 가르는 문을 열었다. 잇달아 3층과 다른 층들을 구분하는 뚜껑 문이 삐걱거리며 시끄럽게 열렸다. 아빠는 이윽고 계단을 내려가 안마당 문을 열었다. 페로 루카가 눈에 눈물이 그렁그렁한 채로 거기 서 있었다.

아빠는 몇 마디 대화를 나눈 뒤 그에게 무언가를 건네주었고, 그는 돌아갔다.

엄마가 조용히 흐느껴 울기 시작했다. 할머니는 동판 장식 위에 1806년이라고 새겨진 낡은 상자를 열었다. 아빠는 그걸 사용해도 좋다는 지시를 내렸다. 엄마도 당신의 상자를 열며 할머니의 이런저런 충고를 들었다. 두 여자는 이제 죽음의 의식을 준비하는 듯했다. 슬퍼할 것도 기뻐할 것도 없다고 할머니가 말했다. 그건 임종을 맞은 사람이 살아 있다고도 죽었다고도 할 수 없는 상태에 있음을 의미했다. 바바조는 1806년 이후로 이미 그런 상태에 있었는지도 몰랐다. 어쩌면 그 이전부터였는지도. 할머니의 말소리는 부드러웠고, 평소의 꾸지람 담긴 목소리가 아니었다. 예컨대 가장 귀한 자리에만 내놓는 찻잔들 중 하나가 깨질 때마다 한층 더 날카로워지던 그런 목소리가 아니었다. 저런, 디에모, 우리 며느리가 깨뜨려먹는 찻잔들처럼 우리 친구들도 하나둘씩 없어지는군, 이렇게 말하며 할머니는 한숨을 내쉬곤 했었다. 그 찻잔들 가운데 세 개는 아직 성했다. 그것들 중 하나가 깨지는 날 누군가가 죽게 될 거라고 나는 확신하고 있었다.

엄마는 무덤덤한 표정으로 할머니의 말씀을 듣고 있었다. 어찌 보면 도도하다는 인상마저 주었다. 어쨌거나 지금 임종을 맞고 있는 사람은 다른 누구도 아닌 엄마의 아버지였는데 말이다.

*

모두들 아빠의 지시에 따라 출발했다. 우선 엄마와 누나가 '검둥이 비토'의 수행을 받으며 집을 나섰다('예브지트'라는 말이 금지된 후로 우리는 나조의 딸을 그렇게 불렀다. 비토는 어머니 토케가 하던 대로, 어머니 토케는 또 그 어머니 우레가 하던 대로, 그 동네 마님들이 '내방' 차 외출할 때면 양산을 들었고, 마님들이 친정에라도 갈라치면 갈아입을 속옷을 들고 수행했다).

뒤를 이어 아빠와 내가 출발했다. 혹 최악의 상황이라도 발생하면 할머니와 할머니의 여동생인 네시베 카라조지가 우리와 합류하기로 되어 있었다.

나는 큰이모가 생일 선물로 사준 목이 긴 신발을 신고서, 집 문턱을 넘게 될 순간만을 애타게 기다렸다.

아빠와 함께 거리를 활보하는 건 정말이지 우쭐해지는 일이었다. 어떤 불화로 인해 아빠가 십일 년째 도비 가에 발길을 끊었던지라, 이번 방문이 더더욱 중요하게 여겨졌다. 게다가 아빠가 평소엔 쓰지 않던 검정색 보르살리노가 엄숙함을 더해주었다.

새 시청 건물 바로 옆에 자리한 시장 어귀에 부고가 나붙어 있었다. 난 아빠의 허락도 구하지 않고 그 앞에 가서 멈추어 섰다. 그것도 일종의 독서였기 때문이다. 아빠의 간섭 없이 유일하게 내 마음대로 할 수 있는 행동이 바로 독서였다. 나는 곁눈질로 아빠를 훔쳐보았다. 아빠는 매사에 조급하고 참을성이 없는 사람이었지만, 보르살리노를 쓴 거대한 몸집의 아빠는 내가 부고를 다 읽을 때까지 가만히 기다려주었다.

옛 시청 건물 앞에서 독일인 죄수들이 기쁨과 경악이 뒤섞인 눈빛으로 아빠를 바라보았다. 그 불쌍한 사람들이 어쩌면 그 순간 자신들의 총통께서 그들을 찾으러 온 거라고 믿고 있는지도 모른다는 생각이 들었다.

저 멀리 바바조의 집이 보였다. 평소와 다름없어 보였지만 사실은 전혀 달랐다. 예전에 내가 한 번도 본 적 없는 사람들이 와 있었던 것이다. 아버지 바바메토 의사는 물론 아들 바바메토 의사도 보였다. 그 사람들 틈에서 누가 이 집 식구이고 아닌지 구분하기 힘들 지경이었다.

시장 어귀에 부고가 여러 장 나붙어 있는 걸 보았다고 큰이모에게 말해주었지만, 그 말이 그다지 위로가 되는 것 같지는 않았다. 무슨 일이든, 또 누구한테든, 세심한 배려를 쏟기로 이름난 큰이모였지만, 난 곧 이모의 안중에서 사라지고 말았다.

사람들은 어찌 하면 좋을지 몰라 하는 눈치였다. 이제 이 집 사람들은 저마다 알아서 행동하고 있는 게 분명했다.

바바조의 방을 알고 있던 나는 누구한테 허락을 구하지도 않고 곧장 그리로 올라갔다. 아무도 나를 말리지 않았다.

나는 두 대의 촛대에 불이 밝혀진 큰 침상에 누워 있는 바바조 곁으로 다가갔다. 바바조의 얼굴은 잿빛으로 굳어 있었다. 파이프도, 거기서 나오는 연기도 볼 수 없었다. 눈은 반쯤 감기고, 이마는 평화로워 보였다. 하지만 그 가면 뒤에서 무슨 일이 벌어지고 있는지 나는 알고 있었다. 알바니아의 수수께끼들이 마치 화면을 보듯 하나씩 차례로 눈앞에 전개되고 있을 게 틀림없었다. 겨울 구름보다 더 암울한 광경들이 흘러가는 게 보였지만 아무 소용 없는 일이었다. 이제 바바조는 입술을 옴직거릴 수조차 없는 처지가 되었으니까 말이다.

갑작스러운 도취감이 나를 휩쌌다. 국가의 창건자여, 일어나시라! 이렇게 나는 마음속으로 외쳤다. 전쟁의 담뱃대에 불을 붙이시라! 그대 좋을 대로 그리스인들을 산산조각 내시라! 당신 마음대로 다른 나라들도 차례로 쳐부수시라. 마케도니아, 몬테네그로, 그리고 당신의 앞길을 가로막는 모든 나라들을 물리치시라. 불태우고 정복하시라!

바바조의 굳은 얼굴에서 어렴풋이 미소가 떠오르는 것 같았다. 창백한 입술이 옴죽대며 내게 말하는 것 같았다. 넌 나더러 행동을 개시하라고 하지만 그러지 못하게 방해하는 게 너야, 너라고!

이런 상상에 저항하지 못한 채 나는 뒤로 물러섰다. 그리고 혼란에 빠진 정신을 가다듬을 장소를 찾아나섰다. 겨울 방에는 아무도 없었다. 창밖으로 내다보이는 정원의 헐벗은 나무들이 더없이 쓸쓸하게 느껴졌다. 러시아 노래의 가사가 머릿속에서 어느새 바뀌어 있었다.

미친 도비 가 사람들 틈에서
넌 지루해 죽을 지경이다
널따란 이 회색 홀에서
바바조가 임종을 맞고 있다……

빚을 졌다는 느낌이 쉴 새 없이 나를 따라다니며 괴롭혔다. 내가 바바조에게 공평하지 못했다는 생각이 들었다. 바바조는 내게 늘 다정하게 대해주지 않았던가. 집시들이 바이올린을 연주할 때면 나를 곁에 두곤 했다. 내 머리를 쓰다듬으면서, 궐련을 말아 나도 함께 피우게 했다. 그런데도 나는 바바조를 위해 아무것도 한 일이 없었다. 그것으로도 모자라 마음속으로 그를 폄훼한 적이 한두 번이 아니었다. 아무짝에도 쓸모없는 책들을 읽는다고. 그러느라 멍청해져서 급기야 자기 손으로 세운 나라마저 잊는 지경에 이르렀다고. 그리스인들을 공격하지 않는다고. 이런 생각 끝에 심지어는 이승에서 그가 무가치한 존재가 되었다는 결론까지 내리게 되었다. 차라리 이승을 하직하는 게 낫겠다는 생각이 든 것이다. 그런데 그가 이제 정말로 이승을 하직하고 있었으며, 모두들 속수무책으로 바라만 보고 있었다.

빚을 졌다는 느낌이 내 마음을 짓눌렀다. 그의 세 딸도, 아내인 외할머니도 그저 지켜보기만 했다. 그의 두 아들, 그러니까 내 외삼촌들은 말할 것도 없이. 작은외삼촌은 아무 때고 사소한 일로 자살할 수 있으면서도 자기 아버지인 바바조를 구하기 위해선 새끼손가락 하나 까딱하지 않았다!

이런 생각을 해봐야 마음의 짐을 덜 수 없다는 걸 난 일찌감치

광기의 풍토

깨닫고 있었다. 그렇긴 해도 아직 무언가를 할 수 있다는 확신이 차츰 생기기 시작했다. 바바조로 하여금 망자의 침상을 털고 일어나게 만든다는 확신이었다.

이같은 생각에 나는 절망적으로 매달렸다. 그래, 무언가를 해야만 해! 당장. 너무 늦기 전에. 예를 들면 내가 가장 소중히 여기는 두 가지, 즉 지난번 생일에 받은 목이 긴 신발이나 목마를 바쳐서라도 말이다.

목이 긴 신발에 관한 한, 아직 싫증이 난 건 아니지만 그래도 선뜻 내놓을 수 있었다. 하지만 목마에 생각이 미치자 망설여졌다. 첫눈에 보기와는 달리 그건 그저 나무 쪼가리만이 아니었기 때문이다. 아무리 제대로 조립되었다 해도 널빤지들만으로 바바조를 구하는 것은 택도 없는 일일 것이다. 분명 다른 무언가가 더 필요했다. 바바조를 구하려면 트로이를 위해 세운 나의 계획을 그 대가로 바쳐야 할 판이었다. 트로이를 구한다는 계획 말이다.

나는 큰 소리로 외칠 뻔했다. 안 돼! 신발은 줘도 좋아. 하지만 트로이는 안 돼!

바바조가 어떻게 되었는지 보려고 나는 다시 방으로 갔다. 죽어가는 자의 방에서 아버지 바바메토가 나오더니, 뒤이어 아들 바바메토도 나왔다. 두 사람 다 침울한 표정을 짓고 있었다.

사람들 눈에 띄지 않게 조심조심하면서 나는 바바조의 침상으로 다가갔다. 그의 얼굴이 아까처럼 잿빛으로 굳어 있었다. 신발만으로는 어림도 없다는 걸 짐작할 수 있었다.

너무 많은 걸 요구한다고 생각지 않으세요? 이런 반발심이 솟구쳐 올랐다.

나는 생각을 모으기 위해 겨울 방으로 되돌아왔다. 내가 바바조에게 바칠 수도 있었을 다른 많은 것들 가운데에는, 온갖 정성을 다해 모은 우표들과 그라치엘라 메나헴을 향한 나의 사랑도 무심히 떠나녔다. 그러나 그 어느 것도 받아들여지지 않을 것임을 나는 알고 있었다. 요구되는 건 바로 트로이의 멸망이었다.

트로이는 안 돼! 나는 또 한 번 되뇌었다. 절대로 안 돼!

멀리서 단말마의 비명이 들리는가 싶더니, 곧 여러 사람의 구슬픈 울음 소리가 뒤섞여 이어졌다.

바바조가 숨을 거두었음을 나는 알아차렸다.

내가 바바조를 죽게 내버려두었다는 섬뜩한 생각이 뇌리에서 떠나지 않았다. 나는 속수무책으로 그 생각을 견뎌야만 했으며, 거기에 두말없이 동의했다. 그러는 동안 어떤 감정이 어렴풋이, 아주 어렴풋이 형태를 갖추어갔다. 혈연의 유대보다 더 질긴 또 다른 유대가 내 안에서 은밀히 파닥이고 있다는 느낌이었다.

광기의 풍토

9
바바조는 떠났지만 수수께끼는 남아 있다

 겁쟁이 회색여우 같은 짧은 겨울 오후가 스러지는가 싶더니 밤이 닥쳤다.
 사방에 어둠이 깔렸다. 보기 드물게 엄숙한 어둠이었다. 이 밤은 어떤 상자들에서 상복을 꺼낸 것일까? 이제는 존재하지 않는 왕국들의 상징이 새겨진 동판으로 뒤덮인 옛 상자일까?
 집은 완전히 달라 보였다. 가구나 양탄자도, 촛대 혹은 집의 문장조차도, 한 사람이 죽었을 때만큼 집의 모습을 바꾸어놓을 수는 없을 것 같았다.
 바바조는 아직 집 안에 머물러 있었다. 아침 일찍 숨을 거두었다면 지금쯤 바실리코브 묘지에 가 있었겠지만, 저녁 늦게 세상을 떠난 까닭에 하룻밤을 더 당신 집에서 보내게 된 것이다.
 속삭임과 흐느낌, 들보가 삐걱대는 소리로 가득 찬 밤이었다. 누가 돌아갔고 누가 남아 있는지 알 수 없었다. 누가 잠들고 누가 아직 깨어 있는지는 더더욱 알 수 없었다.
 고인을 지키며 밤샘을 한다는 말은 이미 들은 적이 있었다. 하지만 그날 밤, 그 말은 어쩐지 소름이 돋게 했다.
 왜 밤샘을 해야 하는 거지? 누구로부터 고인을 지킨다는 거지?

수많은 가정이 내 머릿속을 뚫고 지나갔다. 어쩌면 숨은 적들로부터 고인을 보호하려는 건지 모르지. 아니면 고인이 저지를지도 모르는 실수나 고인 자신으로부터 지키려는 건지도. 예컨대 고인이 자리에서 일어나 사라져버린다면 어쩌겠는가? 날 얌전하고 고분고분한 영감탱이라고 생각했겠지? 이제 너희들 다 피눈물을 흘리게 될 테니, 두고 봐! 너희 모두를 혼란에 빠뜨릴 테니까! 이렇게 말하면서.

*

사방에서 사람들이 몰려들었다. 일가친척이 그렇게 많은 줄은 미처 몰랐다. 회중시계와 왕정 시대 구식 망토 차림의 남자들이 여기저기서 나타났다. 검은 상복을 입고 머리를 헤나로 물들인 여자들도 찾아왔다. 보르살리노를 쓴 남자들이 있는가 하면 전쟁 통에 그 모자를 잃어버렸는지 맨머리인 남자들도 있었다. 특히 공산주의자들 가운데에는 챙 달린 모자를 쓴 사람들이 눈에 띄었는데, 그 이유는 분명히 알 수는 없지만 그들은 챙 모자를 훨씬 좋아하는 것 같았다.

저만치 아빠가 보였다. 그리고 좀 떨어진 곳 여자들 무리 속에 할머니와 네시베 카라조지 할머니가 나지막이 둘만의 대화를 나누고 있는 모습도 보였다. 할머니를 집 밖에서 보는 건 처음인 데다 하도 낯선 광경인지라 두 할머니가 마치 꿈속에서 튀어나온 듯한 느낌이었다. 하지만 그들이 꿈속에서 걸어나왔다 손 치더라도 우리 집 널찍한 거실 소파에 앉아 있을 때와 모습은 똑같았다.

도처에서 몰려든, 내가 여태 한 번도 본 적 없는 사람들이 집안을 가득 메웠다. 두 외삼촌의 동급생인 고등학생들도 있었는데, 멋진 챙 모자를 뽐내는 그들을 보다가 나는 몽상에 잠겼다. 그들 틈에 몇몇 교사들도 끼어 있었다. 라틴어 교사들처럼 창백한 얼굴이 아닌, 낙관주의로 빛나는 보름달 같은 얼굴들이었다. 러시아어 교사들이 분명했다.

외할머니는 아무 데도 보이지 않았다. 혹시 또다시 기절해서 아버지 바바메토 의사가 돌보고 있는 것은 아닐까? 작은이모는 기가 막히게 잘 어울리는 검정 베일로 얼굴을 가린 채 기꺼이 조객들과 어울리고 있었다. 세 자매가 함께 모여 있는 모습을 보기는 처음이라는 생각이 들었다. 그보다 더 닮지 않은 자매들을 머릿속에 그려볼 수도 없을 것 같았다. 예쁘진 않아도 정숙하고 진지한 큰이모는 지적인 여자로 통했고 좋은 의미의 독서에 몰두해 있었던 반면, 예쁘긴 해도 그리 평판이 좋지만은 않은 작은이모 역시 독서에 빠져 있었지만 그건 나쁜 의미(연애소설)에서였다. 이 두 여자를 한데 모아 잘 뒤섞으면 바로 세번째 여자인 우리 엄마가 나올 것 같았다.

이런 혼합을 통해 얻어진 결과물이라면 누구라도 다소 멍한 모습이 될 수밖에 없을 것이다. 더욱이 사람들 말에 따르면, 이 젊은 여자는 어마어마한 대지가 딸린 거처와 행랑채 집시들의 바이올린 연주를 뒤로 한 채, 높이가 2미터나 되는 두터운 벽들로 둘러싸이고 스물네 시간 동안 단 네 마디도 안 하는 팔로르토의 집으로 시집을 왔으니까. 이같은 괴리에서 느끼는 당혹감 때문에 엄마가 다소 거만한 인상을 풍기게 된 듯싶은데, 도비 가 사람들은 이것을 사돈 집안의 나쁜 영향 탓이라고 해석했다.

바로 그 순간에도 엄마는 그런 모습으로 비쳤다. 또 그렇게 비치는 것만으로는 모자랐는지 실제로도 도도한 태도를 보이고 있었다. 하지만 그건 분명 나만 알아볼 수 있는 것이었다.

두 외삼촌이 외할머니를 찾으러 다니며 내 옆을 스쳐 지나갔다. 둘 다 몹시 흥분해 정신이 나간 표정이었다. 한 명은, 너 노망난 할멈 봤냐? 라고 내게 묻고, 다른 한 명은, 마녀 같으니라고! 하고 덧붙인 차이점을 제외하면 말이다.

재산을 둘러싼 문제들이 벌써부터 머리를 쳐들기 시작한 것 같았다.

국가가 모든 재산을 흡수했으므로 이제 소유권 따위는 존재하지 않는다고 두 외삼촌이 내게 못박아 말했지만, 그래도 난 계속 그 반대를 믿고 있었다. 내가 읽은 대다수의 책에서 걸핏하면 언급되는 게(특히 소유주가 죽거나 하는 날 등장하는 게) 이런 말다툼이었다. 정말이지 따분한 책들이었다. 우리는 무슨 일이 일어나기를 눈이 빠지게 기다리지만 늘 허사로 돌아가게 마련이니까 말이다. 그 책들 속에서는 살인자나 유령이 법률가들로 대체되어 있었다.

여름이 지나고부터 두 외삼촌과 외할머니 사이에 끔찍한 언쟁이 벌어지고 있음을 나는 목격한 터였다. 유가증권을 어디다 숨겨놨어요? 왜 보여주지 않는 거예요? 이렇게 외삼촌들이 따져 물으면 할머니는 대답했다. 그걸 어떻게 하려고? 이제까지 한 짓거리들만으론 충분치 않단 말이냐? 그러면 외삼촌들은 소리쳤다. 그걸 우리가 어떻게 할 거냐고요? 태워버릴 거예요. 태워버리고 말 거라고요! 이 말에 할머니가 악담을 퍼부었다. 내 앞에서 썩 꺼져! 욕을 하려거든 실컷 해봐. 그런 건 이제 없으니까. 잃어버렸어. 모두 잃어버리고 말았다고. 그러자 외삼촌들은 고래고래 악을 써댔다. 웃기지 마요. 숨겨둔 거 다 알고 있으니까! 정권이 바뀌길 기대하는 거죠? 그때를 위해 숨겨둔 거죠? 큰외삼촌이 따져 물었다. 맞아요. 그때를 위해 숨겨둔 거예요. 작은외삼촌도 거들었다. 차이점이 있다면 지난번처럼 한 명은 할머니를 노망난 할멈으로, 다른 한 명은 마녀로 취급한 것뿐이었다. 적어도 난 두 사람 중 한 명은 할머니를 맥베스 부인으로 불러주기를 기대했지만, 그런 일은 일어나지 않았다.

*

상가의 밤샘은 이제 저마다 자신들의 술수에 몰두해 있는 혼란의 도가니 같은 인상을 주었다. 어떤 이들은 이따금 발꿈치를 들고 창밖 거리를 내다보았다. 누군가를 더 기다리고 있는 듯했다.

그 와중에 나는 왠지 모르게 몹시 위험해 보이는 무리들 속으로 느닷없이 이끌려갔다. 한 여자가 내 손을 움켜잡더니 어딘지 모를 곳으로 데리고 간 것이다. 손을 빼내려 했지만 헛수고였다. 여자는 울고 있었다. 네 바바조가 널 버렸구나. 흐느낌 사이로 여자가 말했다. 이리 와서 보렴, 불쌍한 애야. 잠시 뒤면 그럴 기회가 없을 테니까!

여자가 나를 고인이 누워 있는 방으로 데려가고 있다는 걸 깨달았다. 향수 냄새가 훅 끼쳐와 나는 눈을 감았다. 문득 모두가 나를 주시하고 있다는 느낌이 들어 또다시 여자의 손아귀에서 벗어나려고 해보았다. 하지만 그럴 수 없었다. 이제 한 명이 아니라, 머리를 풀어헤친 두 여자가 내 양팔을 나누어 잡고 있었기 때문이다. 여자들은 나를 바바조 곁에 바싹 붙어 서게 했다. 넌 그가 정말 사랑했던 아이지. 한 여자가 신음하듯 내뱉기 시작했다. 음악을 들을 때면 널 마치 어린 양처럼 당신의 긴 의자 옆에 두곤 했지. 다른 여자가 맞장구쳤다. 너한테 당신처럼 책을 읽도록 가르쳤어. 먼젓번 여자가 이어 말했다. 당신과 함께 피우도록 네게 궐련을 말아주기도 했지. 다른 여자는 한술 더 떴다.

탄식 소리가 점차 잦아드는 사이, 그들에게 움켜쥐인 내 두 팔이 아파왔다. 그 순간 그들 말에 이중의 의미가 들어 있다는 생각이 퍼뜩 들었다. 그 말에서 은연중에 비난의 뜻을 감지한 것이다. 네 바바조는 널 위해 그렇게 많은 일을 했는데 넌 바바조를 위해 새끼손가락 하나 까딱하지 않았지. 바바조에게 목이 긴 신발 한 켤레 주는 것조차 그렇게 아까워했으니까. 너의 그 빌어먹을 도시 트로이는 어떤 일이 있어도 내놓지 않기로 마음먹었고. 난데없이 떠오른 그 폐허 벌판에 정신이 나가서 네 바바조를 잊고 또 무덤 속으로 밀어 넣기까지 한 거야.

그 탄식 속에는 비난 이상의 것이 들어 있었으며, 급기야는 협박의 기미까지 느껴졌다. 듣다 못해 나는 그 덫에서 벗어나기 위해 발버둥질 쳤다.

그들 손에서 가까스로 도망친 나는 잠시 후 헤나로 머리를 물들인 여자들 틈에 와 있었다. 그들은 무시무시해 보였는데, 특히 한쪽 눈이 유리로 된 여자가 그랬다. 그런데 그 여자가 내 머리를 부드럽게 어루만지며 함께 있는 여자들에게 말했다. 가엾게도 저 여자들한테 겁을 먹은 거야! 그들은 내가 있건 말건 아랑곳없이 내 머리 위에서 내 이야기를 주고받았다. 고인이 애한테 터키어를 가르쳤다지? 아니면 내가 잘못 안 건가? 한 여자가 말했다. 나도 그렇게 들은 것 같아. 다른 여자가 맞장구쳤다. 그러자 유리 눈의 여자가 말을 받았다. 터키어는 그렇다고 쳐. 애한테 담배를 피우게 하다니, 기절초풍할 노릇 아니니? 요 조그만 애를 벌써부터 중독시키려 한 거지 뭐야!

나는 통곡하고 싶은 심정이었다. 이 세상에 도저히 있을 법하지 않은 한 가지 사실을 사람들이 들추어내는 중이었다. 그건 다름아닌 바바조에 대한 나의 적개심이었다. 한편에서는 내가 바바조를 죽였다고 드러내놓고 비난하고, 다른 한편에선 내가 바바조를 죽인 게 아니라 바바조가 내게 독을 먹이려 한 거라고 주장했다. 요컨대 바바조는 장차 일어날지도 모르는 일에 대해 어떤 신의 경고를 받고 어린 나를 벌써부터 없애버리려 한 것이다. 실제로 그런 이야기를 어디서 읽었거나 들은 석이 있었……그렇다, 시험 과목을 복습하는 외삼촌들 입에서 직접 들은 말이었다. 목마에 온통 정신이 팔려 있던 터라 관심을 쏟거나 하지는 않았지만……

이제 내 머리 위에서 오가던 여자들의 이야기는 다른 주제로 넘어가 있었다. 먼 데서 오는 누군가를 사람들이 기다리고 있는데 알 수 없는 이유로 그의 도착이 지연되고 있는 게 분명했다.

바바조가 누워 있는 방에서 때로는 또렷하게, 때로는 시끌벅적한 소음에 묻혀 희미하게, 여자들의 울음소리가 들려왔다. 또다시 사람들이 무언가를 더 잘 보려고 애쓰며 발꿈치를 치켜들었다. 기다리던 방문객이 드디어 도착한 것 같았다. 하지만 하나같이 뭐가 뭔지 모르겠다는 어리둥절한 표정들이었다. 도착한 사람이 예상과는 달리 '남자'가 아니라 '여자'라는 게 첫번째 이유였다. 게다가 한 명이 아니라 네 명이라는 게 두번째 이유였다!

그 여자들은 차갑고 무표정한 얼굴로 한 명씩 차례로 고인 곁으로 다가갔다. 한 번도 본 적 없는 이 여자들은 누구지? 죽은 사람에게 뭘 하려는 걸까?

난 조심스럽게 이 사람 저 사람에게 물어보며 다녔지만 내게 대답해주는 이는 아무도 없었다. 어떤 사람들은 내 말을 못 들은 척했고, 또 다른 사람들은 내 질문을 흘려들었다. 아침 일찍부터 기다려온 여자들이 마침내 왔으니 나머지 일은 아무래도 관심 없다는 투였다.

무시당하고 있다는 생각에 마음이 상한 나는 팔꿈치를 함부로 휘두르며 사람들 틈을 뚫고 바바조의 방 쪽으로 갔다. 정체를 알 수 없는 그 여자들이 무슨 곡예라도 벌이려는 듯 관을 사이에 두고 오른편에 두 명, 왼편에 두 명이 자리를 잡았다. 눈물이 그렁거리지도, 부어 있지도 않은 여자들의 눈은 시종일관 냉랭하기만 하더니 이제는 반쯤 감겨 있었다. 여자들은 같은 동작으로 저마다 한 손을 이마 위에 올려놓았다. 입술을 보니 곡을 시작하려는 게 분명했다.

방 안에 사람들이 점점 더 빽빽이 들어찼다. 그런데 사람들이 많아질수록 더 시끄러워지기는커녕 이상하게도 정적이 찾아들었다. 마침내 주변에 고요가 감돌자 여자들의 울음소리가 뚜렷이 들려오기 시작했다. 밤 시간 내내, 특히 아침나절에는 곡 사이사이로 사람들의 말소리가 여러 차례 들려왔다. 하지만 아! 혹은 오! 같은 탄식에 묻혀 무슨 말인지 거의 알아들을 수가 없었다. 반면 네 여자의 곡소리는 여교사의 읽기 수업만큼이나 음절이 딱딱 끊어져 있었다.

내 몸이 큰이모 곁에 바싹 붙어 있다는 걸 깨닫고, 나는 손으로 이모를 끌어당기며 물었다. 이모, 저 여자늘이 우리 가족하고 무슨 관계가 있어? 큰이모는 평상시의 조신한 몸가짐과는 달리, 마치 큰 솥에 넣고 푹 삶은 듯 눈물이 가득 고인 퉁퉁 부은 눈으로 나를 바라보며 얼굴을 찌푸렸다. 아무 관계도 없어. 이모는 무뚝뚝한 목소리로 이렇게만 대답했다. 그러더니 잠시 뒤 내 귀에 대고 속삭였다. 네 여자는 우리 가족과 아무 관계가 없을뿐더러 우리한테 돈을 받고 집에 곡을 하러 온 거라고 했다.

나는 나지막이 휘파람 소리를 내며 집게손가락을 이마에 대고 빙글빙글 원을 그리면서 '돌았다'는 표시를 했다. 네가 옳아. 온 도시가 미쳐도 단단히 미쳐버린 거야. 큰이모가 말했다. 하지만 사람들이 외할머니의 비통한 흐느낌보다 이 곡하는 여자들을 더 좋아한대도 나름대로 충분히 수긍이 가는 일이었다.

그러는 동안에도 네 여자는 사람들이 뭐라 하건 개의치 않고 계속 곡하는 데에만 몰두했다. 그들은 바바조의 장점들을 길게 열거했다. 비길 데 없는 정직함, 너그러움, 상냥한 말씨 등을. 그러나 깃발을 쳐들었다거나 국가를 창건했다는 말은 한마디도 하지 않았다.

나는 몹시 화가 났다. 그러나 적어도 그 여자들이 몇 가지 말은 하지 않았다는 사실에 곧 위로를 받았다. 바바조가 내게 터키어로 된 책들을 읽도록 가르치는 척했다거나, 설상가상으로 내게 독을 먹이려 했다는 그런 얘기는 없었으니까 말이다.

갑자기 엄청난 피로가 덮쳐오는 느낌이 들었다. 낯선 여자들이 곡하는 소리가 천천히 나를 흔들어 재우며 차츰 잠의 나락으로 빠져들게 했다. 그런 반수면 상태에서도 나는 조문객들 사이로 돌연 어떤 전율이 뚫고 지나가는 것을 감지했다. "그가 도착했어." "형이 왔어." 이렇게 수군대는 소리가 여기저기서 들려왔다. 그토록 오랫동안 기다렸던 사람이 마침내 오고야 만 것이다. 그러니까 사람들이 눈이 빠지도록 기다렸던 사람은 내 생각처럼 곡하는 여자들이 아니라, 다름아닌 바바조의 형이었던 것이다.

고통과 두려움이 뒤섞인 일종의 희열이 거기 모인 사람들의 마음을 뒤흔들어놓았다.

그가 다가오며 "그리스도께 찬미를!" 하고 읊조리는 소리가 들려왔다. 그는 종교뿐 아니라 말씨도 달라서 북쪽 지방의 억양이 담겨 있었다. 그러나 모습은 바바조와 닮아 있었다. 가슴에 큰 십자가가 걸린 수단을 입고 있어 더 크고 꼿꼿해 보인다는 점을 제외하면. 잘 오셨습니다, 돔* 제프 도비. 누군가 이렇게 말하자, 그는 또다시 그리스도께 찬미를! 하고 응답한 뒤 성호를 그었다.

돔 제프 도비. 나는 혼자서 그 괴상한 이름을 되뇌어보았다. 그는 기독교도였고 더욱이 사제였다.

그가 관을 향해 다가가자, 그때까지 유일하게 냉정을 잃지 않고 있던 곡하는 여자들이 한 목소리로 말을 이었다.

---

* 베네딕트 회나 샤르트르 회 수도자들에게 붙이는 명칭.

당신의 형님이 오셨어요. 신앙도 다르고,
말도 우리와 같지 않은 형님이.

나는 벌어진 입이 다물어지지 않았다. 이번에야말로 놀랄 힘 조차 남아 있지 않음을 깨달았다. 사람들이 사방에서 밀쳐대는 통에 나는 겨울 방 가까이까지 밀려나게 되었다. 긴 의자와 거기 놓인 우윳빛 담요를 보니 쉬고 싶은 생각이 들었다. 그래서 그곳에 반쯤 몸을 누이고는 더이상 아무 생각도 하지 않았다. 하지만 옅은 잠에 빠져들기 직전에 또 한 차례 의문이 떠올랐다. 곡하는 여자들이 어떻게 도비 가의 비밀을 알고 있었을까?

그 순간 밤샘의 소란과는 다른 웅성거림에 퍼뜩 정신이 들었다. "네 자리로 썩 돌아가지 못하겠니, 이 떠돌이 집시야!" "저놈을 붙잡아!" "맙소사, 권총이 어디서 났지?" 이렇게 외치는 소리가 섞여 들려왔다.

나는 곧 문 앞에서 믿어지지 않는 광경을 목격했다. 손에 바이올린을 든 페로 루카가 미친 사람처럼 고인을 향해 달려들었고, 두 외삼촌이 그를 막기 위해 안간힘을 쓰고 있었다. 큰외삼촌은 그의 멱살을 잡았고, 작은외삼촌은 그것만으로는 부족하다는 듯 권총을 꺼내 들고 그를 위협했다. 그러나 평소에 그처럼 고분고분하던 페로 루카가 이상하게도 이번만은 물러나지 않겠다는 기세였다. "네 자리로 썩 돌아가지 못하겠니, 이 떠돌이 집시야!" 하고 누군가가 외치자 그가 맞섰다. "절대로 못 돌아갑니다. 이게 에펜디*께서 남기신 마지막 유언이니까요. 날 놓아주십시오!"

어떤 마지막 유언을 말하는 건지 이해할 수 없었다. 또 왜 그걸 못하게 하는지는 더더욱 이해가 되지 않았다. 세 사람은 하나로 뒤엉킨 채 관 앞까지 이르렀고, 관 발치에서 페로 루카는 무릎을 꿇었다. 그리고 한 손으로 턱밑에 바이올린을 밀어 넣고, 다른 손으로 연주를 하기 시작했다. 그 난투 속에서 어떻게 바이올린이 산산조각 나지 않을 수 있었는지, 가히 기적이라 할 만했다. 두 외삼촌뿐 아니라 거기 모인 사람들 모두가 놀라서 얼이 빠진 모습이었다. 그러니까 그게 바바조의 마지막 유언이었다는 말일까? 페로 루카는 더이상 사람들이 자기를 막아서지 않는 걸 보고는 여전히 무릎을 꿇은 자세로 고인의 머리맡에 바이올린을 더 바싹 갖다 대고 다시 연주를 시작했다. 이번에는 더 느리게, 더 많은 흐느낌을 담아서.

연주를 마치자 그는 다시 일어서서 바바조 앞에서 절을 한 다

---

* 터키와 그 밖의 동유럽에서 관리나 학자를 가리켜 '주인님'이라는 의미로 불렀던 옛 존칭.

음 뒤돌아섰다. 사람들 사이를 헤치고 나아가는 그에게 누가 동전 한 닢을 건네자 그가 머릿짓으로 '거절'의 뜻을 전했다. 에펜디께서 이미 지불하셨습니다. 그것이 페로 루카의 마지막 말이었다.

순식간에 주위가 얼어붙은 것 같았다. 상실감이 뒤섞인 일종의 공허가 사방에 감돌았다. 네시베 카라조지 할머니와 함께 있던 할머니도, 세 자매도 보이지 않았고, 가슴에 은십자가를 매단 돔 제프 도비도 온데간데없었다. 멀리 있는 아빠의 모습을 발견하고 손짓을 했지만, 아빠는 내게 눈길을 주면서도 마치 낯선 사람 같은 표정을 짓고 있었다. 최근 들어 내가 눈치챈 것을 이번에야말로 정말로 확인하게 된 셈이었다. 그러니까 하루 중 어느 순간에는 아빠가 아무도 알아보지 못한다는 사실이었다.

사람들이 조문객 무리 사이로 바바조의 방을 향해 관 뚜껑을 나르는 걸 보면서 나는 이제 고인이 집을 떠나갈 시간이 되었음을 깨달았다. 조금 전에 감지되었던 집 안 전체의 마비된 듯한 분위기는 분명 그 때문이었을 터였다. 이제 바바조는 다른 시간 속으로, 즉 죽음의 시간 속으로 들어갈 준비를 하고 있었다. 그리고 우리 역시 원하든 원치 않든, 그 스산한 바람을 느끼지 않을 수 없었다.

관에 못을 박는 소리가 다른 무엇보다 견디기 힘들었다. 안마당에서는 사람들이 시신이 내려질 계단 쪽으로 눈길을 돌린 채 꼼짝 않고 기다리고 있었다. 마침내 관의 머리가 위협적인 광채를 발하며 층계 꼭대기에 나타났다. 두 외삼촌과 아빠, 그리고 또 한 사람이, 처음으로 적의나 원한 없이 한자리에 모여 관을 나르고 있었다.

행렬이 첫번째 문과 두번째 문을 통과할 때까지 여자들의 울음소리는 멈추지 않았다. 바로 그 순간 특이한 긴장감이 감돌더니 줄지어 선 조객들 사이로 전율이 지나갔다. 엄숙한 무언가가 자리를 잡아가고 있었다. 쇠사슬에 묶인 남자들, 터키의 대신들, 백성의 압제자들, 헤나로 얼룩진 하렘의 고급 창녀들, 음모꾼들, 총독의 막후 참모들, 술탄의 독살자들, 비밀 서신들…… 이들이 갑자기 일렬로 늘어섰다.

모두가 바실리코브 묘지를 향해 나아갔다.

*

며칠 뒤에 나는 다시 바바조의 집을 찾아왔다. 집 안이 조용하고 텅 빈 느낌이었다. 인색하게 내리쬐는 겨울 햇살이 적막감을 한층 더해주었다. 바깥마당에는 바바조의 책들을 태우고 남은

재의 흔적이 아직 눈에 띄었다. 겨울 방의 긴 의자 위에는 두 외삼촌이 외국에 장학금을 요청한 서신이 나뒹굴었고, 러시아어와 헝가리어로 기입해야 하는 신청서도 보였다.

베란다에서는 큰외삼촌이 바바조의 긴 의자에 앉아 책을 읽고 있었다. 그 의자를…… 다시 말해 그 옥좌를 차지할 날을 외삼촌이 애타게 기다렸다는 생각이 들자…… 나는 마음이 괴로웠다.

독서에 몰두해 있는 큰외삼촌은 읽고 있는 책에서 눈을 들 생각이 전혀 없는 것처럼 보였다. 그래서 난 다짜고짜 외삼촌에게 다가가 말을 꺼냈다. 그날 저녁의 밤샘 이야기로 시내가 온통 떠들썩하다는 정보를 주기 위해서였다. 그러자 외삼촌은 책에서 눈을 떼지도 않은 채 대답했다. 상가의 밤샘이 있고 난 다음엔 늘 있는 일이라고.

하지만 정말로 내가 하려던 말은 그게 아니었다. 모두가 그날 저녁 밤샘을 두고 이야기하지만 바바조 형의 내방에 대해선 하나같이 침묵한다는 점을 지적하고 싶었던 것이다.

이윽고 큰외삼촌이 책에서 눈을 들었다. 그 틈에 나는 '지그문트 프로이트'라는 저자의 이름을 읽을 수 있었다. 이해하기 어려운 제목에다 언어도 마찬가지였다. 헝가리어가 틀림없다고 나는 생각했다.

"그 사람이 왔다고 누가 너한테 말했지?" 외삼촌은 놀라움을 감추지 못하며 물었다.

"내 눈으로 직접 봤어."

외삼촌의 얼굴에 미소가 떠올랐다.

"그렇게 믿은 거겠지."

나는 외삼촌의 말을 반박하고 나섰지만, 외삼촌은 그 순간 내가 몹시 졸렸던 게 아니라면 분명 착각을 일으킨 거라고 다시 한 번 못을 박았다.

"그렇다면 내가 유령을 보았단 말이야?" 나는 발끈해서 따져 물었다.

"그랬을 수도 있지." 외삼촌이 대꾸했다.

나는 감사하는 마음으로 외삼촌을 바라보았다. 어른이 유령의 존재를 믿는 건 드문 일이었으니까. 그렇다면 느지감치 도착한 그 방문객은 유령일 수도 있다는 말이었다. 그러니까 바바조의 살해당한…… 살해당한 형의 그림자…… 하지만 바바조가 아니라면 누가 그를 죽였다지?

외삼촌은 내게서 눈을 떼지 않고 있었다.

"보아하니 제정신이 아닌 모양이구나."

이렇게 말한 뒤 외삼촌은 책을 읽느라 피곤해진 눈을 손등으로 비볐다. 그런 다음 평소와는 달리 부드러운 목소리로 차근차

근 설명해주었다. 내가 보았다고 믿는 건 어쩌면 유사한 무엇이나 분신, 아니면 해묵은 빚일 수도 있다고.

"이 사람 말에 따르면(이렇게 말하며 외삼촌은 책 표지를 손가락으로 톡톡 쳤다), 우리를 포함해 모든 사람이 언젠가 무언가를, 혹은 누군가를 죽였어. 그런 다음 우리 마음속 가장 은밀한 곳에 아무도 모르게 꼭꼭 숨겨둔 거지."

이번에는 물론 내가 어리둥절한 표정이 되었다. 바바조를 몰래 살해한 사람이 나라는 걸 외삼촌이 어떻게 알아냈을까? 더군다나 헝가리어 문장들 사이에서 어떻게 그 사실을 발견한 거지?

내가 아무한테도 털어놓은 적 없는 비밀을 외삼촌이 알아냈을 리 없다고 나는 울부짖고 싶었다. 게다가 겨우 보름 전부터 배우기 시작한 헝가리어에서 이런 비밀들을 끄집어낼 수는 없는 노릇이었다. 바바조처럼 외삼촌 역시 아무것도 이해 못 하면서 그저 읽는 척하고 있을 뿐이라는 의심과 함께, 어쩌면 그건 불가피한 일이라는 생각이 머리를 쳐들었다. 이 기다란 의자에 앉아 있으면 허황된 책들만 읽게 되는 건 아닌가 하는 의문과 더불어.

외삼촌은 다시 책장 위로 눈길을 돌렸고, 나는 그 자리에 가만히 서 있었다. 헐벗은 나무들과 더이상 존재하지 않는 책들의 재 위로 똑같이 불가사의한 햇살을 떨어뜨리는 그 겨울 한나절의 마력에 사로잡힌 듯이.

애넌데일온허드슨, 뉴욕,
2004년 11~12월

··· 거만한 여자

1

 남편이 고위 관리였던 늙은 무하데즈는 오후 늦게 옛 섭정의 남동생이 사는 가건물에서 나왔다. 그 집 아들의 약혼식을 축하하러 간 것이었다. 그녀의 얼굴에서 씁쓸함과 절망감이 묻어났지만 그걸 보고 놀라는 이는 아무도 없었다. N시의 몰락한 대가문 사람들을 한데 모아 이곳으로, 그러니까 지금까지 그들 대다수가 분명 이름조차 들어본 적 없었을 초라한 시골 마을로 데려온 지 약 두 주가 지났다. 그들은 허용된 옷가지 몇 벌과 함께 아무도 모르게 이곳에 내던져진 것이었다. 어떤 사람들은 전쟁 이후 버려진 농장 건물 본채 몇 군데에, 또 다른 사람들은 방 한두 칸을 빌려주겠다고 한 마을 주민들 집에 배치되었다.
 그들이 새로 도착하면서 작은 마을은 활기를 띠기는커녕 처음에는 더 큰 침묵 속으로 가라앉는 듯했다. 하지만 한 주도 지나지 않아, 새로 온 사람들은 그동안의 마비 상태에서 깨어났다.

그들은 맨 처음엔 빵가게에서, 그다음엔 야채 시장에서 마주쳤고, 누가 함께 왔고 누가 오지 않았는지 알아낸 뒤 첫 소식을 교환했다. 그리고 간간이 울먹임 섞인 목소리로 주소를 주고받고는 서로를 자신들 집에 초대했다.

그 외진 마을에서 그들은 결코 무시할 만한 숫자가 아니었다. 개중에는 대지주 외에도 저명한 성직자와 국책은행의 고급 관료, 그리고 여러 다른 행정부와 입법 기관에 속해 있던 장관이나 의원도 끼어 있었다.

그곳에 온 뒤로 첫 외출을 한 날, 그들은 새로운 사실을 알게 되었다. 유형지인 그 마을을 관할하는 인접한 소도시를 비롯해 N시까지 나가볼 수 있는 권리가 자신들에게 있다는 것이었다. 몇몇 사람들은 그 권리가 실효성이 있는지 직접 확인하기 위해 곧 그리로 달려갔으며, 거기서 새로운 소식들을 갖고 돌아왔다.

예상한 대로 그들은 잇달아 앞다투어 서로의 집을 방문하기 시작했고, "적어도 우린 서로 도울 수 있다"라든지 "다른 이들은 더 참혹한 일을 당했다" 같은 말들을 수없이 반복했다. 그리고 불안과 고뇌, 절망으로 점철된 긴 몇 달을 보낸 뒤 마침내 위로가 되는 생각을 해냈다. 이제 폭풍은 물러갔고, 자신들은 세상으로부터 잊힌 이 구석에 묻혀 여생을 보낼 수도 있으리라고.

물론 도매상 안드레는 이렇게 말했지만 말이다. "생각해봅시다. 여태 우리는 적에게 당하느라 정신이 없었잖습니까. 하지만 이제 적이 우릴 가만 내버려두는 만큼 실제로 우리가 겪은 일이 얼마나 끔찍한 일이었는지 돌아보자고요."

그러나 대다수 사람들은 그런 논리에 휘말리는 걸 원치 않았다. 그들은 대혼란을 경험한 터였고, 어두운 심연들은 악의 넘치고 시신이 잔뜩 널브러진 끔찍한 악몽 속에서나 아가리를 드러낼 뿐이었다. 이제 그들은 집도 없고 가진 것도 없지만, 생명을 부지할 수 있게 해준 운명에 감사할 따름이었다. 물론 반지나 보석 같은 값진 물건들은 아직 소지하고 있는 게 확실했는데, 그것들은 종종 그 광채에 전혀 걸맞지 않게 몸 어딘가에 깊숙이 숨겨져 있었다. 어쨌거나 부동산 등기증서나 계약서, 구두 약속을 포함한 그 모든 것들 덕분에 그들은 불안한 삶을 이어갈 수 있었다.

첫 주부터 몇 사람이 공증인 팔록의 집에 가는 것을 볼 수 있었다. 그들과 마찬가지로 추방당한 신세인 공증인에게 무언가 알 수 없는 조언을 구하기 위해서였다. 그저 지나간 꿈들을 되살리기 위해 그를 찾는 게 아니라면 말이다. 그런데 이 공증인이 정말로 추방당한 무리의 일원이라는 사실이 알려지자, 테오파네 주교는 경각심을 일깨웠다. 공산주의자들이 그들에게 더 큰 정신적 고통을 가하기 위해 감시하고 있는 거라고. 하지만 사람들은 아랑곳하지 않았다. 누가 보아도 황당무계한 일들로 그들이 공증인의 집을 찾는 것은, 재앙으로 여기저기 균열이 간 자신들의 삶에 적어도 어떤 평정을 선사해주었기 때문이다.

옛 섭정의 남동생은 아들의 약혼식 발표가 있던 날 한 시간이 넘도록 공증인과 방 안에 틀어박혀 나오지 않았다. 그 이야기를 듣고 은행가인 로츠크의 아내 마리가 흐느껴 울었다. 세상에! 우리의 옛날 모습 그대로네요! 그녀는 이렇게 울먹이며 한숨 지었다.

그러나 고위 관리의 아내였던 늙은 무하데즈는 이번 약혼에 대해 전혀 다른 의견을 갖고 있었다. 그녀가 방문을 마치고 문지방을 넘어 거리로 나온 순간부터 심중의 이런 생각이 얼굴에 역력히 드러났다.

그럴 수 없어, 라고 그녀는 또 한 번 되새기면서 집으로 향했다. 한때 농장지기가 살았다는 별채를 확장시켜, 갈대로 지은 허름한 집이었다. 결단코 이런 식의 결혼을 기뻐하고 있을 수만은 없다는 게 그녀의 생각이었다. 생기 없는 냉랭한 결혼식, 과부나 노처녀가 마지못해 하는 그런 결혼식과 흡사했으니 말이다. 공증인을 방문한다든지 부동산 등기 증서를 복사하는 행위는 더 큰 환멸과 씁쓸함을 맛보게 했다. 집 문앞에 다 와서 그녀는 두세 번씩이나 같은 말을 중얼거렸다. 바보짓들이야! 이제부터는 다른 가치관, 다른 증서가 필요한데 말이야……

그러나 너무 대담한 생각인지라 더 깊이 파고들 엄두를 내지 못했다. 그래서 머릿속에는 본질적인 것만 남겨둔 채 나머지는 의식 깊숙이 묻어두었다. 그녀는 자신의 허름한 집 낡은 문을 밀치며 휴우 하고 한숨 지었다. 아직 검은 상복도 벗지 못한 늙은 무하데즈가 벌써 공산주의자들과의 결탁을 꿈꾸고 있으리라고 누가 짐작이나 했겠는가. 혹 짐작했다면 뭐라 생각하겠는가!

"엄마, 다녀오신 일은 어떻게 됐어요?" 어머니가 외투 벗는 걸 도와주면서 딸이 물었다.

노파는 경멸 서린 표정으로 입술을 깨물었다. 상대방이 눈치채지 못한 경멸의 대상은 다름아닌 신부나 사위, 예식, 이런 것들이었다. 실제로 그녀는 그 모두를 뭉뚱그려 멸시했으며, 거기에는 자신의 딸도 포함되어 있었다. 매력이라고는 눈을 씻고 찾아봐도 없다고 노파는 생각했다. 그것이 마치 딸의 책임이라는 듯 다소 짜증을 내면서. 딸의 세련되지 못한 용모에 잠시 눈길이 머물렀다. 매력은 고사하고 얼굴에서 지성미의 흔적 또한 찾아보기 힘들었다. 딸에게 호감을 느껴 잠시나마 마음을 빼앗길 남자를 찾기란 쉽지 않을 성싶었다. 이런 생각을 하면서 노파는 딸에게 말했다.

"친구들하고 외출이라도 좀 하지 그러니? 집 안에만 있지 말고!"

딸은 어이가 없다는 듯 어머니를 바라보았다. 며칠 전만 해도 정반대되는 말을 하지 않았던가.

"외출을 하라고요? 어디로요?" 딸이 물었다.

노파는 매일 밤 벌어지는 옆 동네 장교들 회식에서 항독(抗獨) 지하운동가였던 젊고 예쁜 여자들이 동지들과 춤을 춘다는 말을 들은 터였다. 하지만 딸에게는 그런 말을 꺼내지 않았다.

"거리로 나가봐. 주민들하고 어울려봐. 너도 이제는 예전의 네가 아니니까 그들과 함께 있는 걸 부끄러워할 필요도 없어."

딸은 계속 어머니를 주시하고 있었다. 어머니가 보기엔 늘 풀려 있는 듯한 눈, 특히 딸의 머릿속에 무언가 집어넣고자 할 때면 유난히 더 풀려 보이는 눈으로.

2

장사꾼 안드레의 딸 체칠리아가 '저쪽' 출신 젊은이와 약혼했다는 말을 들었을 때 무하데즈는 깨달았다. 정복자들과의 혼인을 꿈꾸었던 게 자신만은 아니었음을. 실용성을 한층 더 과시하는 이들도 있었다. 이것저것 따지느라 시간을 낭비하는 대신, 무하데즈가 몰래 마음속으로 되씹으면서 처음엔 말도 안 되는 일이라 여겼던 것을 곧바로 실행에 옮겼으니 말이다.

그 소식을 노파에게 전해준 건 딸이었다. 딸은 숨을 헐떡일 만큼 분개해서는 이런 사실을 모두 털어놓으며, 어머니 역시 자기처럼 반발하리라 기대했다. 그런데 놀랍게도 어머니는 딸의 말을 경청한 뒤에도 전혀 놀라는 기색을 보이지 않았다.

"그러면 그애가 달리 어떻게 하겠니?" 어머니는 마침내 이렇게 말하며 딸의 얼굴을 뚫어지게 바라보았다.

그래, 이애를 예쁘게 여겨 데려갈 남자는 아무도 없을 거야, 하고 노파는 생각했다. 혹 어떤 비열한 계산이 끼어든다면 모를까. 하지만 옛날식의 계산은 더이상 통하지 않잖아.

"뭐라고요, 엄마?" 딸이 반문했다.

"방금 전에 네가 알려준 소식은 조금도 놀랄 일이 아니라는 거야. 너희도, 네 친구들도 눈을 크게 뜨고 자기 발에 맞는 신발을 찾아야 할 테니까. 다민……(이애한테 말을 해야 힐까 말까? 안 될 것도 없지. 이애도 진실을 아는 게 낫겠지……) 다만 너도 아는 게 좋을 게다. 넌 체칠리아처럼 예쁘지 않으니까 어떤 공산주의자 청년의 넋을 빼놓거나 하는 일은 없을 거야."

거만한 여자

딸은 풀 죽은 모습이 되었다.

"난 그러고 싶은 생각조차 없는걸요!"

딸의 대꾸에 노파는 쓸쓸한 미소를 지었다.

"네가 그러고 싶든 아니든 그게 문제가 아니란다, 애야. 그러니 쓸데없는 자만심은 접어두고 그들 중 한 명과 어떻게든 인연이 닿도록 노력해봐. 체칠리아가 예쁘다면, 넌 그애보다 더 부자였으니까."

"이제 부 따위는 끝났다고 엄마가 나한테 몇 번이나 말씀하셨잖아요!"

"그래, 끝났어. 하지만 그 환영은 남아 있지. 그것만으로도 대단한 거야. 때론 그게 우리 눈에 보이는 것보다 더 중요할 수도 있어."

노파는 딸에게 다른 것들도 설명해주고 싶었다. 그런데 웬일인지 죽을 것만 같은 피로가 사지를 엄습해오는 느낌이었다. 나중에, 나중에 말해줘야지. 모든 것을 말해줄 때가 올 거야, 라고 노파는 생각했다.

3

 어느 날 저녁, 딸이 따분한 표정을 지으며 '그들' 중 한 명이 자신의 '주위를 맴돌기' 시작했다고 처음으로 노파에게 말했다. 문제의 상대가 소위라는 것, 다시 말해 꼭 들어맞는 인물이라는 사실을 알기도 전에 노파는 이렇게 첫 질문을 던졌다.
 "그 사람…… 외모가 어떻지?"
 어머니의 직감에 놀란 딸은 말문이 막힌 채 가만히 있었다.
 "그게 바로 내가 말하려던 거예요, 엄마. 잘생긴 것과는 거리가 멀어요. 심지어 역겨운 구석까지 있는걸요."
 노파의 주름진 얼굴이 금세 환해졌다. 마치 딸에게서 기막히게 좋은 소식이라도 들었다는 듯.
 "방금 뭐라고 했지? 역겹다고? 엉큼한 것!"
 딸은 엄마의 말을 들으며 벌어진 입을 다물지 못했다.
 "무슨 말씀이세요?"
 "나중에 알게 될 거다."
 이렇게 내답하는 노파의 눈빛에 갑자기 엄숙한 빛이 서리는가 싶더니 무슨 말인가 하려는 것 같았다. 역겹단 말이지. 내가 기대했던 게 바로 그거야! 그런 남자가 아니라면 저쪽 진영에서 누가 너를 마음에 들어하겠니? 예쁜 여자들이 널리고 널렸는데.

공산주의자 진영의 여자들도 수두룩해. 그들 파티에서 무언가가 그의 심기를 건드린 게 아니라면, 공산주의자 소위가 무엇 때문에 너한테 반하겠니? 이제 우리의 삶이 끝없이 이어지는 애도에 불과하다면, 그들의 삶은 영원한 축제야. 한데 그 사람이 불편함을 느낀다면 거기엔 이유가 있는 거야. 네가 말한 그 역겨운 구석이 적어도 그 이유라 할 수 있겠지. 더 깊이 감춰진 다른 이유가 있을지도 모르지만 지금으로선 뭐라 말할 수 없지. 난 그 사람을 모르니까.

그러나 관리의 늙은 아내는 이런 생각을 마음속에만 담아둔 채 이렇게만 덧붙였다.

"그러니까 역겹게 보이더라도 그 사람과 만나보거라. 어쩌면 전혀 그렇지 않은 사람일 수도 있잖니!"

그런 다음 노파는 그것만이 소위 말하는 '새로운 삶'에 접근하는 유일한 방법임을 딸에게 몇 번이고 되풀이해 설명해주었다.

4

약혼이 성사되기 직전에 딸이 소위를 집으로 데려왔다. 딸이 말한 그대로, 남자는 불쾌감을 주는 용모의 소유자였다. 듬성듬성 난 머리털 때문에 얼굴이 더욱 납작해 보이는 데다, 다소 튀어나온 눈을 두리번거리며 끊임없이 무언가에 집중하려고 애쓰는 모습은 차마 보고 있기가 괴로웠다. 시간과 습관의 완화작용도 손댈 수 없는 혐오감이란 바로 이런 거라고 무하데즈는 확신했다. 하지만 그가 영리한 남자라는 사실 또한 분명했다. 무하데즈는 '영리하다'라는 수식어가 더 마음에 들었지만 이 말은 머릿속에서 곧 '교활하다'라는 말로 대체되었다. 노파는 남자의 어깨를 장식한 계급장에서 눈을 뗄 수 없었다. 출세주의자일 거야. 이미 손에 넣은 직급에 만족하지 못하는 출세주의자가 틀림없어. 새 군대의 계급 제도에 대해서는 아는 바가 없는 그녀였기에, 남자의 군복 소매에 달린 몇 안 되는 별들과 작은 막대들, 그를 자기한테로 데려온 그것들이 무엇을 의미하는지 혼자 추측해보려 애썼다. 이제 노파는 분명한 확신을 갖게 되었다. 그것이 제일가는 동기는 아닐지라도 가장 근본적인 동기 가운데 하나라는 것을.

"이 결정의 중요성에 대해 생각해보았나?" 노파가 침착하게 물었다.

남자는 눈길을 들어 그녀를 바라보았다. 그의 눈빛에서 어렴풋하게 열정이 묻어나왔다.

"심사숙고해서 내린 결정입니다."

그의 목소리는 불쾌할 만큼 느릿느릿했고 박력이라고는 없어 보였다.

왜 그런 결정을 내렸나? 노파는 이렇게 묻고 싶었다. 내 딸은 예쁘지도, 매력적이지도, 애교스럽지도 않은데 말이야. 하지만 노파는 입을 다물었다. 그리고 상대방의 눈길을 피하면서도 그 동기가 뭔지 알아내려고 끊임없이 머리를 굴렸다.

농사꾼 같아. 남자의 불그레한 목덜미에 비스듬히 시선이 닿자 노파는 마음속으로 이렇게 내뱉었다. '열등감'이라는 말이 떠올랐다. 수년 전 인쇄물마다 온통 프로이트의 이론을 떠들어댔을 때 그녀도 「알바니아의 노력」이라는 잡지에서 프로이트가 주장한 이론의 일부를 읽은 적이 있었다. 그 기억을 되살려보고자 했지만 아무래도 불가능했다. 그 시절에 속해 있던 모든 게 그렇듯이 그것 또한 이제는 아련히 먼 것이 되고 말았기 때문이다.

부의 환영…… 노파의 생각이 여기에 머물렀다. 이 지역 땅의 상당 부분이 아직 지니고 있는 그들 가문의 이름이라는 환영…… 그 외에도 욕구 불만이나 출세욕, 동료들을 향한 야유, 이런 것들을 떠올릴 수 있었다. 다른 남자와 약혼을 하면서 그에게는 눈길 한번 주지 않았던 그들 진영의 예쁜 여자들에 대한 보복도 가능할 터였다. 그쯤 되면 그때까지 무시당하던 이가 믿기지 않는 무언가를 이루어낸 셈이며, 그는 영웅에 가까운 인물이라 할 만

했다.

　노파는 하마터면 웃음을 터뜨릴 뻔했다. 영웅이 되려면 체칠리아 투지 같은 미인을 낚아채야지 내 딸을 갖고서야!

　하지만 어쩌면 소위가 노파보다 더 신중하고 사물의 이치 역시 더 잘 이해하고 있는지도 몰랐다. 끔찍한 와해의 분진으로 장님이 되어버린 그들 눈으로는 분간할 수 없는 무언가를 그가 앞서 예측하고 있는 건 아닐까? 그것은 열등감이니 뭐니 하는 객설들보다 훨씬 깊이 있는 무엇이 아닐까? 첫번째 조짐이 앞으로 좋은 일이 있을 것임을 예감케 하니 말이다.

　노파는 늘 그렇듯이 결국 제일 마음에 드는 가정들을 선택한 다음, 나중에 혼자 있을 때 곰곰이 되짚어볼 속셈으로 이런 생각을 따로 떼어두었다.

5

　사람들이 예측했던 사건들이 거의 순시대로 하나씩 일어났다. 알레코 발라 소위가 당에서 축출된 직후 군에서 파면당한 사건을 제외하고는 말이다.

　평복을 입은 그의 모습은 더욱 볼품이 없었지만, 그래도 군복을 벗은 지 일주일 뒤에 그는 예정대로 결혼식을 올렸다. 며칠 뒤 그의 이 엄청난 과오를 뒤늦게 전해 듣고 몇몇 친지들이 부랴부랴 달려왔지만, 그는 이미 신부의 집에 들어와 있었다. 그들은 이미 돌이킬 수 없게 된 재난을 확인하고는 쓸데없는 질책을 퍼부을 생각도 못 한 채 마음이 상해서 돌아갔다.

두 사람의 결혼은 그 작은 마을은 물론 인접한 시내 사람들에게까지 다소 놀라움을 자아냈다. 소위의 행동을 맹렬한 기세로 비난하는 자들 말고도 그를 잘 아는 이들과 그 밖의 사람들 모두가 의문을 갖지 않을 수 없었다. 도대체 여자의 어떤 점에 마음이 끌려 그가 자신의 삶을 망치는 그런 결심을 하게 되었는지 이해할 수 없다는 눈치였다. 상대가 체칠리아 투지라면 그럴 수 있다손 쳐도, 무하데즈의 딸이라니……!

몰락한 가문 집단 내부에서의 놀라움은 더욱 컸다. 냉정한 판단력으로 이름이 높았던 관리의 늙은 아내가 어떻게 그런 실수를 범하고 말았는지 아무리 생각해도 납득할 수 없었던 것이다. 공산주의자인 사위가 자신의 직위와 계급을 지킬 수 있었다면 그래도 수긍이 갔을 테고 어쩌면 과분한 사윗감일 수도 있었겠지만, 그가 그 모든 것을 잃고 말았다는 사실을 고려한다면 아직 시간이 있을 때에 딸을 돌려받았어야 하지 않았겠는가 말이다. 게다가 연애 결혼도 아님을 모르는 사람이 없지 않은가. 그런데 남자가 자기 쪽 사람들과의 관계를 하나씩 잃어가고 다시 회복하리라는 희망도 없음을 목격하고서도 여자 쪽에서 약속을 지킨 것이다. 이상해, 정말 이상한 일이야, 라고 그들은 말했다. 불시에 덮쳐와 정신을 못 차리게 만드는 어떤 낭만적인 사랑 때문이라면 모를까, 또 상대가 건장하고 멋진 젊은이라면 모를까, 그런 경우라면 이해할 수도 있으리라. 무슨 수를 써서라도 딸을 행복하게 만들겠다는 어머니의 야심으로 치부할 수도 있을 테니 말이다. 하지만 저런 상판을 한 사위라면……

또 일단 한 약속은 지킨다는 희생정신 따위에도 급기야 생각이 미쳤지만, 그건 어림없는 일이었다. 관리의 늙은 아내가 어떤 사람인지 다들 너무나 잘 알고 있었기 때문이다. 아무튼 그런 헛소리를 믿지 않을 만큼은 말이다. 노파가 노망이 들었거나, 아니면 노파 쪽이 그들 모두보다 훨씬 신중한 거라고 그들은 결론을 내리면서, 열기보다는 연기를 더 뿜어대는 대충 수리된 난로 쪽으로 언 손들을 내밀었다.

그런데 남의 애정사라면 오금을 못 쓰는 사람들은 설령 양쪽 진영에 대한 아무 정보 없이 이 사건을 전해 들었다 해도 소위 쪽으로 동정의 눈길을 보냈다. 그래도 그는 과거에 항독 지하운동가였고 전쟁에 참여하지 않았던가. 그런 사람을 비열한 인간 취급해서는 안 될 일이었다. 그런 그가 계급의 적과 손을 잡았다는 건 물론 큰 실수고 치명적이라고까지 할 수 있지만, 그래도 상황을 참작해줄 여지가 있다. 예를 들면 나이가 그렇다. 젊은 시절의 과실은 너그러이 봐줘야 한다는 말도 있지 않은가.

몰락한 가문 사람들 가운데에는 소위의 행동에 공감을 표하는 이들도 있었고, 무하데즈를 심하게 비난하는 자들도 적지 않았다. 그런 사람들은 그녀를 공산주의자에게 아첨하는 교활한 인간, 어떤 천한 짓도 마다하지 않을 여자로 취급했다. 그녀가 새 주인들과 사이가 좋은 걸 보면 자기 쪽 사람들을 이미 염탐하고 있거나 언제라도 그런 행동을 할 수 있는 사람이라고 손가락질하면서. 그런데 이상하게도 공산주의자 사위에 대해서는 그리 심한 비방을 하지 않았다. 그들은 "브라보!"라는 감탄사를 연신 터뜨리며 좋아했다. 얼핏 보아 외모가 볼품없는 건 사실이지. 그래도 용기 있는 행동을 한 건 인정해줘야 해. 사랑과 이상을 위해 모든 걸 포기했으니까. 이것이 그들의 생각이었다.

그들 중 일부는 이 사건에서 더 복잡한 징후를 읽었다. 우리가 지위를 박탈당한 건 분명해. 그렇다고 완전히 힘을 잃은 건 아니야. 주인들 없이 지내는 게 그리 쉽진 않을 거야. 그러니까 우린 지금 이 상태로도 긍지를 가질 수 있지. 우린 구덩이 밑으로 던져져 하찮은 존재가 되었지만, 그렇다고 대갚음을 할 수 없는 처지도 아니야……

모든 소문을 들어 알고 있는 고위 관리의 늙은 아내는 다시 프로이트를 꺼내 들었다. 다른 사람들이 보기에 그랬듯이 그녀의 눈에도 사위의 행동이 여전히 수수께끼로 남아 있었기 때문이다. 그 책이 어떻게 노파의 궤 속에 보관되어 있었는지는 알 수 없으나, 노파는 주석이 첨부된 그 판본에서 열등감에 대한 또 다른 정보를 얻을 생각이었다. 그러나 일은 마음먹은 대로 풀리지 않았다. 리비도의 특성을 띤 모든 유형의 관계를 밝혀낸 이 정신분석학의 아버지는 적대적 계층 사람들간의 관계에 대해서는 완전히 입을 다물고 있었기 때문이다.

 사위의 용모를 두고 애초에 나돌았던 사람들의 험담이 잠잠해지자, 이번에는 그 결합을 성사시킨 노파의 동기가 무엇인지를 두고 말들이 오갔다. 일부는 그녀가 도달한 결론에서 그 동기를 끌어내며 마침내 진실을 알아냈다고 믿었다. 그러니까 누가 뭐래도 무하데즈가 새 정권의 진영에 한 발을 들여놓고 있다는 것, 그것은 테오파네 주교의 누이가 단언한 바이기도 했다. 물론 불안정하긴 해도 한 발을 그곳에 딛고 있는 건 확실했다. 전직 소위였던 사위에게도 가족과 친지, 교제하던 사람들이 있으니, 비록 지금은 서로 냉랭한 사이라 해도 조만간 화해하게 될 것이다. 시간이 지나면 원한의 감정도 차츰 누그러지게 마련이니까.

 그러나 수도원장의 누이가 내놓은 명쾌한 해명도 수많은 허

튼소리에 묻혀버렸다. 풍채라도 좋은 남자면 모를까, 두꺼비 눈을 한 그런 사내라면, 이라는 둥 사람들은 어리석은 험구를 늘어놓았다.

한편 몰락한 가문 사람들은 여전히 자기네끼리의 결혼을 꾀하고 있었다. 그들은 구석진 곳에서 소곤대거나 공증인의 집을 반쯤 비밀리에 찾아가서는 계약서를 작성했다. 해외에 있는 자신들의 재산을 환수할 경우에 줄 수 있는 가상의 지참금이 포함된, 빈 껍데기에 불과한 문서이긴 했지만 말이다(해외에 있는 재산이 아니라 국내에 남아 있는 재산 때문에 늘 괴롭고 생살이 뜯겨나가는 기분이라는 게 그들의 대략적인 푸념이었다. 해외 재산은 서구의 보호를 받고 있어 어느 정도 안전해 보이지만 이곳에선 그렇지 못하다고. 국내의 재산이 자신들 코앞에서 잘게 쪼개지는 걸 볼 때면 가슴이 찢어지는 것 같노라고).

바람이 세차게 몰아치는 밤이면 내 소유지의 포플러나무들이 흐느껴 우는 것만 같다우. 옛 지주인 노파 세미한은 이렇게 말하곤 했다. 그녀의 아들인 샬라 형제로 말하면, 잇달아 들어선 다섯 개 정부에서 둘 다 장관직을 맡았었다.

무하데즈는 모든 사실을 들어 알고 있었지만 마음속으로조차 다른 이들에게 불만을 품지 않았으며, 자신이 감행한 일을 후회하지도 않았다.

6

 군대에서 제명된 뒤 노파의 사위 알레코는 인접한 도심의 공공기관에 속한 난방용 장작 저장소에서 하급 일자리 하나를 얻었다. 그해 겨울은 몹시 추워서, 장작 보관 창고에서는 내내 일손이 달렸다. 처음에 그는 상품 취급 전담 업무를 담당했지만 왼쪽 손바닥에 입은 상처가 덧나는 바람에 송장 작성 업무에 잠시 투입되었다. 그렇다고 이 한가로운 자리에 아무 탈 없이 죽치고 눌러앉아 있겠다는 생각은 하지 말게! 상사는 이렇게 을러댔다. 손이 낫는 대로 곧 이전 자리로 돌아가야 하네. 알겠나? 내 앞에서 빤질댔다가는 큰코다치지!

 알레코는 감사의 표정을 만면에 띄우고, 잘 안다는 듯 고개를 끄덕였다. 그러자 왜 그와 다툴 마음이 들었는지 알 수 없게 된 상사는 공손하고 예의바른 태도로 멀어져가는 알레코의 모습을 지켜보면서 "불쌍한 녀석!"이라고 혼자 중얼댔다. 한시적으로 더 편안한 자리에 배치되는 자들에게는 보통 욕설을 쏟아내곤 했지만 말이다.

 그후 알레코는 상품 취급 전담원의 하급 직책으로 되돌아가는 대신 단번에 회계 부서의 책임자로 승진되었는데, 앞서 말한 상사의 동정심이 개입된 것은 아니었다. 거기에는 단순하기 그

지없는 사유가 숨어 있었다. 맨 처음에 알레코는 운전기사들의 잡담에 귀를 기울이다가 이 사업장의 차장급 인사들 중 한 명의 집에 벽난로가 있다는 사실을 알아냈다. 그는 이 사람이 자기 몫의 장작을 찾아가는 날을 기다렸다가 특별히 정성 들여 장작을 고른 다음 일부러 따로 떼어둔 참나무와 올리브나무 장작 몇 개를 추가했다. 리페 동지, 동지의 집에 벽난로가 있다는 말을 들었습니다. 그는 수줍은 미소를 띠며 말했다. 그래서 동지에게 할당된 장작에 참나무와 올리브나무 장작 몇 개를 추가했습죠. 이건 순전히 제 성의니까 부담 갖진 마십시오. 동지께서 저보다 잘 아시겠지만, 벽난로엔 참나무와 올리브나무만 한 게 없으니까요. 이곳에선 그 용도를 잘 모르는 데다 표준 규격이라는 게 있어 다른 나무들보다 저희 속을 썩이는 것도 사실이죠. 자르기 여간 어려운 나무가 아니니까요.

상대방은 그의 배려를 고마워했고, 오후에는 인사과에 전화를 걸어 물었다. 저쪽 장작 저장소에서 송장을 작성하는 직원을 아나? 아주 상냥하고 예의바른 사람 같더군. 맡은 일에 헌신하는 사람이라 들었는데, 어디 한번 알아보게나. 우리한텐 이런 사람들이 필요하니까.

다음날 차장은 인사과장의 전화를 통해 다음과 같은 사실을 확인받았다. 송장 작성 업무를 맡은 직원은 말씀대로 싹싹하고 겸손한 사람이라는 것, 하지만 애석하게도 그의 경력에 '흠'이 하나 있어 승진이 그리 쉽지는 않다는 것. 수화기를 놓은 뒤 차장은 혼자 중얼댔다. 불쌍한 사람!

하지만 직무상의 이유나 회복기 환자에게 품질 좋은 장작이나 추가분의 땔나무를 발송해야 할 경우가 생기면 차장은 어김없이 송장 담당 직원을 기억하고 그에게 전언을 보냈다. 이 직원이야말로 자신의 명령을 성심성의껏 이행할 것임을 알기에 마음을 놓을 수 있었던 것이다.

이제 작업장에서 송장 담당 직원을 모르는 상사는 없었으며, 마을의 웬만한 인사들도 모두 그를 알고 있었다. 추위가 밀려오기 무섭게 그들은 그를 떠올렸으며, 전화 통화에서도 그의 이름이 언급되었다. 아 참, 저기 난방용 장작 저장소에서 일하는 사무원 말이야, 정말 부지런하고 괜찮은 사람이지. 한데 그 사람, 과거에 어떤 과오를 저질렀다더군. 그렇다 치더라도 그렇게 과장할 일은 아니지. 실수를 저질렀다고 죽는 날까지 추궁만 하고 있을 수는 없잖나.

그러나 상사들의 호감만으로는 승진을 하거나 자리를 순조롭게 지킬 수 없다는 것을 알레코는 이해하고 있었다. 그 밖에도 조심해야 할 사항들이 많았다. 그 누구도 언짢게 하지 말고, 모든 사람의 기분을 맞춰주고, 가능한 한 질투의 대상이 되지 않도록 조심해야 했다. 그래서 그는 장례식마다 꼬박꼬박 참석했고, 누가 병원에 입원이라도 하면 잊지 않고 오렌지나 레몬을 사들고 지체 없이 찾아갔다. 장작 덕택에 의사들과도 인연을 맺었고, 이들의 중개로 이곳저곳에 사소한 도움을 줄 수 있었다. 얼마 안 가서 그는 누구를 돕는 일이라면 발 벗고 나서는 사람이라는 명성을 얻게 되었다. 그후 회계과장이 티라너로 연수를 받으러 떠나자 그 공석을 메우기 위해 열린 인사회의에서 그의 이름이 거론되었고, 대다수가 그를 열렬히 지지한 것도 이 모든 이유가 작용해서였다. 이렇게 해서 알레코는 첫 승진을 하게 되었다. 인사과는 눈을 감아주었으며 그의 과오를 들춰내는 이는 아무도 없었다. 회의가 끝나고 사람들이 몰려와 축하 인사를 건넬 때 그는 홀로 자신에게 물었다. 일이 너무 일사천리로 진행되는 게 아닌가 하고.

7

첫아이가 태어나고 처음으로 그는 일가붙이들의 방문을 받았다. 맨 먼저 누이가 찾아왔고, 다음엔 어머니와 외삼촌 한 분, 그리고 숙모 몇 분이 다녀갔다. 그 밖의 형제나 숙부 들은 여전히 화를 풀지 않고 있었지만 말이다. 알레코의 어머니는 거의 뿌듯한 심정이 되어 돌아갔다. 형편없이 전락해 있는 아들의 모습을 예상했는데 그런대로 잘 버텨내고 있었기 때문이다. 단지 얼음처럼 차가운 기운이 느껴지는 사돈의 눈길이 마음에 걸렸지만, 그게 운명이라면 할 수 없지 하고 어머니는 생각하면서 하늘의 가호를 빌었다.

알레코는 계속해서 직장에서 좋은 점수를 얻었다. 작업장 일은 순조롭게 진척되었으며 항의도 점차 줄어들었다. 항의는커녕 규칙적인 상품 배달에 대한 감사의 편지가 경영진에게 날아들었다. 공공기관에서 이런 일은 매우 드물었다. 편지를 보낸 사람들은 회계 부서 책임자의 이름을 빼놓지 않고 언급했다. 두 차례에 걸쳐 그에게 승진 제안이 들어왔지만(과거의 실수는 이제 까마득히 잊힌 듯했다) 그는 두 번 다 거절했다. 그 사람, 아주 겸손하기까지 해, 라는 말이 상사들의 전화 통화에서 오갔다. 계급의식이 투철한 사람 같아. 과거에 저지른 말썽의 대가를 기필코 치르겠다는 자세거든. 수년 전에 있었던 그 일 말일세. 여자 문제냐고? 아니야. 걸맞지 않은 혼인 때문이었지. 그기 큰 실수를 범한 건 사실이지만, 어쩌겠나! 실수는 누구나 범하는 거 아닌가. 한데 그 사람은 아직도 그 일로 괴로워하는 것 같아. 지금도 죄책감에서 못 벗어나서 자신이 더 높은 직책을 맡을 자격이 없다고 여기는 거야. 정직한 사람이 아니고서야! 더 나은 자리를 두 번이나 제안받았는데 두 번 다……

사실 알레코가 몸담고 있는 사업체는 이제 규모를 확장하여 장작뿐 아니라 난방에 사용되는 온갖 연료를 조달하고 있었다. 그런데 현재 일하는 작업장에서 다른 부서로 이동 발령될 거라는 말을 처음 들었을 때 알레코는 심각한 고민에 빠졌다. 그가 괴로워한 이유는 다른 데 있었다. 전화상으로 오가는 대화로 추측해볼 수 있는 그런 이유도 아니었고, 그에게는 첫사랑과도 같은 장작 저장소에 대해 그가 어떤 신의나 책임감을 통감해서도 아니었다. 그렇다. 그는 자신이 이룩한 성공의 열쇠가 무엇인지 알고 있었다. 그에게 모든 문을 열어주고 다양한 관계를 맺게 해준 열쇠는 다름아닌 이 초라하고 우울한 작업장과 그곳에 끝없이 단조롭게 늘어선 통나무 더미들이었다. 그러므로 이 작업장을 떠난다는 것은 그가 지금 누리고 있는 지고의 행복도 끝이라는 의미였다.

중유와 석탄을 조달하는 부서는 사방에서 물이 뚝뚝 듣는 얼어붙은 그의 막사와는 비교도 안 되었다. 명예는 물론 월급에서도 그쪽이 대우가 훨씬 좋았다. 하지만 거기에는 가장 중요한 요소, 즉 사람들과의 직접적인 접촉이 결핍되어 있었다. 석탄이나 중유의 질이 좋다고 기뻐할 사람이 어디 있겠는가? 이런저런 기술자나 아무개 배관공이 칭찬을 받는 게 고작일 것이다. 그러나 장작은 달랐다. 장작은 살아 있는 생물체 같아서 밤낮을 가리지 않고 수십 가구 속으로 침투하게 해주었고 사람들 입에서 칭찬을 끌어냈다. 그 집의 가장뿐 아니라 안주인이나 손님, 아니면 정부(情婦)의 입에서까지.

안 되지, 안 되고말고. 그는 마음속으로 되뇌었다. 예쁘장한 여비서가 있는 밝고 따뜻한 사무실은 다른 사람이나 차지하라지. 실제로도 그는 물이 배어나는 이 막사가 훨씬 편안하고 안전하게 느껴졌다.

겨우내 그는 금이 가고 덜컹대는 창 너머로 밖을 즐겨 내다보았다. 집집마다 벽난로에서 연기가 천천히 소용돌이치며 피어오르는 모습을 하염없이 바라보다 보면 그의 다문 입술 사이로 보일 듯 말 듯 미소가 번져나왔다. 그 순간 많은 가정에서 사람들이 기분 좋은 마음으로 자신을 떠올릴 거라 생각하면 기쁨의 전율이 몸 안 가득 퍼지는 것 같았다.

8

작은 마을을 휩쓸고 간 태업의 물결과 그 밖의 다른 사건들에

연이어 서류 확인 조사가 이루어졌다. 그 모든 일을 통해 알레코는 자신의 삶이 평화롭고 유유자적하게 흘러가지만은 않을 것임을 깨달았다. 도처에서 집회가 열렸으며, 집회 내내 '계급 투쟁'이나 '혁명의 경각심' 따위의 구호가 점점 더 자주 들리는가 싶더니 갑자기 사람들이 무더기로 해고당했다. 사건 초기부터 그는 만일 자신이 장작 저장소를 떠나는 용서할 수 없는 실수를 저질렀다면 지금쯤 실업자 신세가 되었을 것임을 깨달았다. 해고의 바람은 맨 먼저 각 부서를 덮쳤는데, 설령 사람들 머릿속에 그의 이름이 떠올랐다 해도 그의 막사는 이미 속죄의 장소를 그대로 닮아 있었다. 거기서 업무를 시작한 후로 그는 사무실을 수리한 적이 한 번도 없었으며 사방에서 물이 새고 판자가 갈라져도 그대로 두었는데, 그건 다 이유가 있어서였다.

또 다른 상황 덕분에 그는 세간의 눈길을 피할 수 있었는데, 그것은 바로 사건이 닥친 시기 때문이었다. 서류 확인 조사는 3월 말, 그러니까 따뜻한 계절로 접어들면서 그의 존재가 자연스레 사람들 뇌리에서 희미해져가는 시기에 이루어졌던 것이다. 집과 사무실마다 난로 연통을 떼어내면서 장작과 관련된 흔적도 말끔히 사라져가고 있었다.

4월부터 9월에 이르는 시기는 알레코 자신 역시 쇠잔해지는 시기임을 그는 벌써부터 깨닫고 있었다. 마치 철분과 비타민 부족으로 빈혈 증세를 보이며 원기를 되찾게 될 날만을 고대하는 신체 기관들과도 흡사한 모습이었다. 하지만 이번엔 상황이 달라서 이런 악조건이 오히려 유리하게 작용한다는 것을 그는 깨달았다. 조사가 진행되는 내내 그가 무엇보다 바랐던 게 바로 이처럼 사람들 뇌리에서 지워지는 것이었는데, 화창한 계절의 도래야말로 이런 망각을 부추기는 가장 큰 요인이었다.

그리하여 그는 그해 여름을 나면서 괴롭더라도 잊어서는 안 되는 한 가지 사실을 발견했다. 살아 있는 동안 간혹 폭풍우가 물러가기를 기다리며 몸을 낮춰야 할 때도 있다는 것이었다.

9월이 다가오고 있었다. 하지만 예측할 수 없는 위협들로 가득한 그 계절이 그에게는 한없이 우울하게만 여겨졌다. 가장 왕성히 활동해야 할 시기임에도 불구하고 이제 그는 어떻게 처신해야 좋을지 알 수가 없었다. 도사렸던 몸을 펴고 사람들의 동정심을 부추기고 다녀야 할지, 아니면 예기치 못한 분노를 사지 않도록 조심하며 어둠 속에 남아 있어야 할지. 그의 입장에서는 몸을 사린 채 숨어 있는 편이 훨씬 좋았지만, 그러다 불리한 결과를 초래할 수도 있었디. 그의 도움을 받곤 했던 사람들이 문득 그의 이름을 떠올리며 이렇게 물을 수도 있었으니 말이다. 참, 장작 저장소의 알레코는 어떻게 지낸담? 올가을엔 감감무소식이네. 회계과장이 되더니 말야.

모든 가능성을 염두에 두고 신중히 따져보아야 했다. 결국 그는 두 극단만은 피하기로 마음먹었다. 즉 지나친 열성을 발휘해 사람들에게 도움을 주는 것과, 평상시에 하던 일들을 모두 포기하는 것, 이 두 가지 모두를.

그런데 상관들이나 그 외 사람들의 호의 말고도 또 다른 버팀목이 필요하다는 것을 그는 바로 이 시기에 깨달았다. 그것은 이제까지 그가 무시했을 뿐 아니라 해롭다고까지 여겨온 도움, 즉 몰락한 가문 사람들의 지지였다.

이미 오래전부터 그는 그들에게서 말없는 호감을 느껴온 터였다. 거리에서 마주치는 낯선 노파들의 미소부터 치과나 정육점, 병원에서 제공하는 뜻밖의 편의에 이르기까지, 그 호감은 이따금 전혀 예기치 못한 형태로 나타나곤 했다. 그런데 이런 은연중의 결속이 그의 일이 순조롭게 진행되는 데 한몫 한다는 사실을 알게 된 것이다. 도처에서 조금씩 피부에 와 닿는 이런 결속은 돌쩌귀의 마찰을 줄여 삐걱대지 않게 해주는 윤활유처럼 알게 모르게 그에게 도움을 주었다. 실제로 그의 가장 큰 소망 역시 그 무엇도 삐걱대지 않는 것이었다.

지금까지 그 점을 간과했을 뿐 아니라 심지어 무시하기까지 했다는 사실에 그는 놀라움을 금할 수 없었다. 정작 몰락한 가문 사람들은 다행히 그걸 눈치채지 못하고 있었지만, 그들이 도움을 철회하거나 한술 더 떠서 여러 골칫거리를 안겨줄 수도 있었다고 생각하니 간담이 서늘해졌다. 불행은 순식간에 사람들을 덮치곤 했다. 그런데 어떤 원한이나 굴욕감, 혹은 그 밖의 다른 감정들로 인해 그들 중 누군가가 익명의 편지를 쓴다면 어쩔 것인가? 과거에 소위였으나 관리의 아내 X의 사위가 되어 그 집에 살고 있는 아무개는 파렴치하게도 인민 정부가 너그러이 하사하는 봉급을 가로채고 있다는 등등의 편지를 말이다.

이제까지는 그들도 자제했고 인내심을 보여주기까지 했지만, 그렇다고 내일 당장 그런 행동을 실천에 옮기지 않는다고 어떻게 장담할 수 있겠는가. 그는 이런 상상을 하면서 온몸을 떨었고 그들에게 더 큰 주의를 기울이게 되었다. 예전 같았으면 장모의 친구들이 찾아오면 그 방에서 슬며시 사라지곤 했겠지만, 이제는 주위를 어슬렁거리며 그들 대화에 귀를 기울였다. 날씨나 신경통에 대한 불평이나 모든 불만족스러운 것들에 대한 한탄도 놓치지 않았다. 그들도 알레코 앞에서는 민감한 문제를 그대로 털어놓지 않았다. 넘어서는 안 되는 수위에 달한 듯싶으면 매번 무하데즈의 눈길이 따가섰기 때문이다. 하지만 새로운 체제 편에 선 자들을 일컫는 '저들'이나 '이들' 같은 대명사에는 그 역시 익숙해져 있었다.

장작 저장소의 초라한 구내식당에서 알레코는 간혹 일 때문에 그곳을 찾아온 각양각색의 사람들에게 페르네를 한잔 사거나 커피 한잔을 대접하기도 했다. 그날도 그는 한 트럭 운전사에게 무슨 부탁을 하기 전에 술을 두 잔째 사고 있었다. 운전사는 자신의 작업 반장과 다툰 일을 알레코에게 털어놓으면서 작업 반장을 '고관들의 종놈' 취급했다. 알레코가 작업 반장이 몰락한 가문 사람들을 비호하는 이유에 대해 자기 생각을 이야기하려던 순간, 운전사는 분명 상대방의 전력에 들어 있는 '오점'을 기억해낸 것 같았다. 술기운이 조금씩 돌자 운전사는 금세 눈물을 글썽이고 자책하며 변명을 늘어놓기 시작했다. 하지만 놀랍게도 알레코는 그가 그처럼 감정을 토로하며 횡설수설하도록 오래 내버려두지 않았다.

"나한테 용서를 구할 필요 없네." 알레코가 끼어들었다. "'그들'에 대해 내가 달리 생각할 것 같나? 이보게, 친구. 나도 알고 있어. 어쩌면 더 잘 알 수 있는 처지인지도 모르지. 나도 지쳤네. 하지만 어쩌겠나? 이제 난 옴짝달싹할 수 없는 몸인걸. 자네도 알다시피 애들에다, 그 여자에다, 또 아이가 하나 더 태어나려 하고 있으니……"

운전사는 또다시 연민에 사로잡혀 어찌할 바를 몰랐다. 그러나 알레코는 벌써 전혀 다른 문제에 정신이 팔려 있었다. 몰락한 가문 사람들을 가리켜 자신이 '그들'이라는 대명사를 그토록 쉽사리 사용했다는 사실이 거의 믿어지지 않을 지경이었다. 그 말이 그렇게 자연스럽게 입술에 떠오르기는 이번이 두번째였다.

 곧 그는 한 가지 사실에 주목했다. 탁자에 앉아 커피 한잔을 사이에 두고 솔직하게 감정을 토로하는 순간 반복되어 끼어드는 그 말이 상대방에게 얼마나 강한 인상을 심어주는지를. 상대방은 감격해서 눈물을 글썽였고 그의 '비극'을 대놓고 동정했다. 그러는 동안 알레코 자신은 상념에 빠져 있었다. 여러 다른 영역에서도 그렇듯이, 이 세상에서 말들의 역할 분배란 참으로 묘한 문제라는 생각에. 장벽 저편에서는 몰락한 가문 사람들이 공산주의자들을 가리켜 '저들'이나 '이들'이라는 말을 사용하는 반면, 공산주의자들 편에서는 몰락한 가문 사람들을 지칭하는 데 '그들' 혹은 '그 사람들'이라는 말밖에 사용할 줄 몰랐다. 알레코는 학식이 많지 않은 사람인지라 '그들'과 '이들'이라는 매우 흡사한 두 대명사가 어떻게 다른 말보다 월등하게 두 적대적인 계급을 가리키는 데 사용되는지 이해할 수 없었다. 하루는 아내의 검진차 찾아간 병원 의사에게 이 문제를 터놓고 이야기한 적이 있었다. 노의사는 머리를 끄덕인 뒤 미소를 머금은 얼굴로 대답했다.

 "그런 생각을 하다니 놀랍군! 난 미처 생각하지 못한 일이니까. 한데 가장 그럴듯해 보이는 이유가 있긴 하네. '저들'이라는 대명사는 현존하거나 혹은 가까이 있는 누군가를 지칭하지. 무슨 말인지 알겠나? 그러니까 자네 시야에 들어오는 사람, 자네를 위협해오며 숨도 쉴 수 없게 만드는 사람이지. 그렇기 때문에 그 사람들을 가리켜 자네 쪽……(그 순간 의사는 '자네 쪽 사람들'이라고 말하려는 듯하더니 도중에 말끝을 흐려버렸다), 몰락한 가문 사람들을 가리켜서는 '그들'이라는 대명사를 사용하지. '저들'이나 '이들'과는 반대로 '그들'이라는 말은 훨씬 멀리 있거나 희미한 그림자가 되어 사라져가는 사람들을 암시한다네. 여보게, 이것이 직위를 박탈당한 자들의 슬픈 운명이야. 난 언어학자는 아니지만 이런 식으로 설명할 수 있을 것 같네."

알레코는 의사의 말에 공감하며 그에게서 눈을 떼지 않았다. 그 자신은 '저들, 이들'과 '그 사람들, 그들'이라는 대명사를 양편에서 오가며 사용하는 드문 경우였다.

"그가 잘 하는 거지. 양다리를 걸쳐놓고 꿩 먹고 알 먹는 격이니까……"

알레코는 등 뒤에서 누가 이렇게 말하는 소리를 듣고 얼어붙은 듯 그대로 서 있었다. 장작 저장소에서 일하는 늙은 짐수레꾼 치프였다. 알레코는 아무 소리도 못 들은 척하며 물웅덩이에 신바닥을 철벅대면서 서둘러 구내식당을 빠져나왔다.

이제 다시 9월이 닥쳤으나 올가을에는 예전만큼 상사들이 그에게 관심을 쏟는 것 같지 않았다. 앞서 이루어진 서류 확인 조사가 효력을 발휘한 게 틀림없었다. 용케 살아남기는 했지만, 그래도 그 뒤에 차디찬 베일과도 같은 무언가가 남아서 그를 휘감고 있었다.

그는 평소처럼 주로 장작을 배달하며 사람들에게 계속 '도움'을 주었지만 그 효과가 눈에 띄게 줄어드는 걸 확인해야 했다. 그동안 이들이 너무 길들어버린 건 아닐까? 이런 일들이 이젠 아주 당연하게 여겨져 다른 걸 기대하는지도 모르지. 그는 이렇게 생각하며 자신에게 되풀이해 물었다. 다른 거라고? 말이야 쉽지. 장작 말고 뭘 갖고 상사들 기분을 맞춘담? 이게 내가 가진 전부인데 말이야.

9

9월 내내 그는 자신의 '지위 약화'만을 생각했다. 여태까지 그가 누렸던 호의를 붙잡아두려면 상삭을 넉넉히 안겨주는 것만으로는 부족하다고 그는 확신했다. 다른 무언가가 동반되어야 했다. 그는 이미 아첨의 위력을 경험한 바 있는데 올가을엔 상황이 상황이니만큼 대대적으로 이 전략을 사용했고, 그러면서 한 가지 사실을 깨달았다. 이 전략을 신중하게 적절히 쓸 줄만 알면 효과가 세 배 이상 늘어난다는 것을. 새로 부임한 기획부서 주임의 사무실을 두 번 들락거린 후 그는 주임에게 두 가지 약점이 있음을 알아냈다. 다름아닌 옷매무새와 여자였다. 대화를 나누던 중 알레코는 간신히 주제를 그쪽으로 돌려 상대방에게 특별한 매력이 있다는 암시를 주었다. 그런데 누가 들어도 엉뚱하고 무례한 이 칭찬에 상대방의 얼굴이 기쁨으로 달아올랐다. "어? 자네 뭐라고 했나?" 이렇게 물으며 그는 웃음을 터뜨렸다. "자네, 나한테 아첨하는 거 아닌가?" "아, 아닙니다. 그건 제 말이 아닙니다." 알레코는 이런 상황에 걸맞은 느릿느릿한 어투로 말을 이었다. 이렇게 하면 말의 묘미가 한결 살아난다는 걸 알고 있었던 것이다. "나이트클럽의 여자들이 그러던데요." 기획주임은 한층 더 얼굴을 붉히면서 웃음기 가시지 않은 목소리로 내뱉었다. "자넨 진짜 악동이야!"

며칠 뒤 알레코는 부장이 새 기획주임을 더이상 곱게 보지 않는다는 사실을 알고 당황했다. 자신이 기획주임을 두고 한 아첨, 바로 그 아첨이 부장의 귀에 들어갔을지도 모른다는 생각에 그는 심장이 멎는 것 같았다. 그런데 여기저기서 주워들은 소문에 의하면, 부장과 기획주임 사이의 분쟁이 끝이 보이기는커녕 양쪽 다 뜨겁게 열을 올리고 있다는 것이었다. 알레코는 친구들과 친지들의 의견을 좀더 타진해보았는데, 결국 부장 편에 승산이 있다는 결론에 이르렀다. 그는 지체 없이 새로운 시도를 감행하기로 했다. 아직 사람들의 발길이 닿지 않은 미개척지, 자신이 정복하게 될 새 땅에 첫 발을 내딛는 기분이었다. 그가 핑곗거리를 찾아내어 부장의 사무실에 발을 들여놓았을 때 부장은 마침 혼자였다. 부장은 마뜩잖은 태도로 눈을 들었다. 처음 이 분 동안 문 밖으로 쫓겨나지만 않으면 되는 거야, 라고 알레코는 생각했다. 그사이 입으로는 관심을 가져야 할 어떤 문제에 대해 얘기하고 있었다. 부장 동지, 동지께서도 아셔야 할 문제라 사료됩니다. 방치하면 악화되어 점점 더 해결하기 어려워질 것 같아서…… 그러나 상대방의 마음은 딴 데 가 있는 게 틀림없었다. 그 순간 알레코가 입을 열었다. 동지께 폐를 끼칠 생각은 없었습니다. 실은 기획주임 동지와 의논했어야 할 문제겠지만…… 부장의 눈길이 이내 어두워졌다.

"그런데 왜 그 사람한테 가지 않았나?"

알레코는 미소 띤 얼굴로 머뭇거리며 말했다.

"그러니까, 말하자면…… 말씀드리기 뭣하지만, 아니, 어쩌면 말씀드리지 않는 편이 좋을지도 모르죠. 또 제가 잘못 생각한 것일 수도 있고…… 우린 단순한 사람들이라 이해할 수 없는 일들도 많으니까요. 또 어떤 간부들에 대해 우리가 부정적인 견해를 잘못 갖게 될 수도 있고……"

"그래서 어떻다는 건가?" 부장이 다그쳐 물었다.

"제가 말씀드리고 싶은 건, 그러니까 기획주임 동지께 상의드렸어야 할 문제이긴 하지만, 글쎄, 뭐랄까, 제 생각엔 어쩐지 주임 동지는……"

"어떤 간부에게 불만이 있으면 본인에게 직접 터놓고 말할 수 있잖나. 그걸 막을 사람은 아무도 없네." 부장은 근엄한 어조로 못을 박았다.

알레코는 부장의 목소리에서 일말의 경멸감을 감지하면서 이젠 빨리 끝내야겠다고 생각했다.

"그렇긴 합니다만, 부장 동지…… 비난이라 할 수도 없는…… 사실 뭐라 딱 꼬집어 말할 수 없는 일들이 있으니까요…… 이상하게 들리실지 모르지만, 제 말을 이해하시겠습니까?"

"아니, 이해 못 하겠네." 부장이 그의 얼굴을 빤히 들여다보며 말했다.

알레코는 한 차례 크게 숨을 들이쉰 다음 입을 열었다.

"말씀드리자면 이렇습니다. 이런저런 문제로 기획주임 동지를 찾아간다고 하죠. 그러면 동지는 자신이 입은 쓰리피스 정장에만 신경을 쓰거나…… 요컨대 부장 동지, 업무상 주임 동지를 찾아가면 동지는 상대방에게서 칭찬을 듣겠다는 생각 외에는 관심이 없습니다. 우아하다거나 뭐 그런 말들을 남들이 해주기를……"

부장의 휘둥그레진 눈이 즐거운 호기심으로 차올랐다.

"자네도, 자네 역시 눈치챘단 말이지?" 부장은 유쾌한 음성으로 이렇게 묻고는 그에게 자신의 담뱃갑을 내밀었다. "자넨 아주 훌륭한 관찰자야."

알레코는 떨리는 손으로 담배 한 개비를 꺼내 들었다. 그러자 부장의 야유가 이어졌다.

"그러니까 그자는 와이셔츠나 양복에 정신이 팔려 있단 말이지? 미남이라는 소리를 듣고 싶어서…… 하하하!"

그날부터 알레코는 일주일에 두세 차례씩 부장의 사무실을 찾아갔다. 그가 부장의 차에 함께 타고 있거나 심지어 부장의 집에까지 가 있는 모습이 사람들 눈에 띄기도 했다. 장작 저장소의 말단 사무원과 부장이 도대체 무슨 관계가 있어 그러는지 아무도 이해하지 못했다. 이미 적잖은 희생자를 낸 기획주임과의 분쟁에서 바야흐로 부장이 난방용 장작을 담당하는 회계원을 가장 중요한 조언자로 삼고 있다는 사실을 아무도 눈치채지 못했을 터였다.

바로 그 무렵 알레코의 아내는 쌍둥이를 출산했고, 그는 직장에서 조촐한 집을 하사받아 지금까지 살던 구차한 오두막을 떠나 이사할 수 있었다. 그가 가진 여러 흠집 가운데 무엇보다 격에 맞지 않았던 결혼을 떠올리게 했던 오두막이었다.

정작 알레코 자신은 어느 때보다 두려움에 떨었던 그해 말에 그의 인기는 최고조에 이르렀다.

사람들은 다시 전화 통화에서 그를 칭찬하기 시작했으며, 그의 옛 과오를 누가 들춰낼라치면 상대방이 맞받아쳤다. 알아, 나도 알아, 다 옛날 일이지. 하지만 우리를 대표해 그를 국회에 보내자는 것도 아니잖나. 그래도 그가 자기 일에서만큼은 최고라는 걸 인정해줘야지. 아무도 그를 못 따라갈 거야. 그러니 너무 편협한 생각은 버려야 하지 않겠나. 그러면 상대방도 수긍할 수밖에 없었다. 그래, 그건 그래…… 하고 맞장구치면서.

그가 장모와 사이가 좋지 않다는 소문이 나돌았는데, 그런 말을 알레코 자신이 퍼뜨렸는지, 아니면 다른 누군가가 외투 속에 숨겨두었다가 퍼뜨렸는지는 알 수 없었다. 어찌 됐건 그 소문은 사람들 마음속에 그를 향한 새로운 동정심을 불러일으켰다. 그 마귀할멈 때문에 평생을 장작 저장소에서 썩게 된 걸로도 모자라 아직도 그 할멈의 변덕과 공격을 감수해야 하다니. 죽는 날까지 그 할망구를, 그 무거운 짐을 짊어져야 하다니! 노파가 그에게 무슨 짓을 했는지는 알레코 자신만이 알 터였다. 그가 자청해서 할망구의 틈니 속으로 머리를 들이밀었으니 이제 그러고 있을 수밖에 없는 일 아닌가!

한 해가 거의 저물어갈 무렵, 다시 그에게 승진 제의가 들어왔다. 장작 저장소의 책임자가 다른 부서로 발령이 났기 때문이었다. 저장소로부터 자신을 떼어놓는 직책은 결단코 맡지 않겠다고 다짐한 그였기에, 이런 기회가 조만간 다시 오지 않을 것임을 깨닫고 그는 기꺼이 제안을 수락했다. 이같은 승진에 따르게 마련인 여러 이점을 고루 갖추었으면서도 다른 이들의 시기를 사지 않을 수 있는 그런 자리였다. 난방용 장작 저장소는 외관상 초라하고 따분한 느낌을 주었던 데다, 특히 겨울에는 비참한 모습으로 비쳤기 때문이다.

10

그에게는 장모와의 관계 말고는 만사가 형통인 듯싶은 나날이었다. 그가 장모와 사이가 나쁘다는 소문은 확실히 낭설이 아니었다. 그 소문은 한편에서는 그에게 이롭게 작용할 수 있었던 반면, 또 다른 편, 특히 몰락한 가문 사람들 사이에서는 오히려 불리할 수도 있었다.

장모와 사위 사이에 어떻게 냉기가 싹터 차츰 증오로 발전하게 되었는지는 아무도 이해하지 못했다. 당사자들조차 자기편 누군가가 물어온다 해도 설명할 수 없을 것이다. 그 냉기와 잇따른 증오가 그들 안에 항시 잠복되어 있었는지, 아니면 어느 날 갑자기 생겨났는지 역시 말할 수 없을 것이다. 그러나 한 가지 사실만은 분명했다. 두 사람 사이의 적개심을 부추기는 데 알레코의 아내가 한몫 단단히 했다는 것이었다. 그녀는 특징이랄 게 없는 미온적인 성격 때문에 집 안에서 거의 눈에 띄지 않았다. 따라서 양 진영이 충돌할 경우 다소라도 완충 역할을 하기에는 역부족인, 그림자에 지나지 않는 존재였다. 결국 두 적수는 비좁은 싸움터에서 불쑥 마주치곤 했으며 대결은 불가피했다.

해악은 노파의 눈동자에서 맨 처음 싹텄다고 알레코는 이따금 느꼈다. 노파를 처음 마주했던 순간, 그러니까 결혼 승낙을 얻기 위해 찾아갔던 그때 이미 노파의 눈길이 어쩐지 불편했었다. 그 한가운데가 얼음 속 균열과도 같은, 심문하는 듯한 차가운 눈이었다. 알레코는 언젠가 시간이 흐르면 노파도 알게 될 거라고, 무슨 나쁜 속셈이 있어 딸에게 청혼한 게 아님을 노파도 깨닫고 자신에게 좀더 다정하게 대해주리라고 믿었다. 게다가 두 여자 때문에, 특히 그 어머니 때문에 자신이 큰 희생을 치러야 했음을 노파 자신이 목격하지 않았던가. 하지만 그의 기대는 수포로 돌아갔다. 노파의 얼음장 같은 시선은 그대로였고, 그 안의 균열, 간혹 상처처럼 보이기도 하는 그 불길한 자국은 끊임없이 질문을 해대며 그를 괴롭혔다.

빌어먹을 할망구 같으니라고! 그는 혼자 생각했다. 대체 나한테 뭘 더 바라는 거지? 이렇게 묻다가도 일상의 근심거리에 지쳐 노파에 대한 생각을 머릿속에서 떨쳐내려고 애썼다. 하지만 노파의 눈길은 초라한 집 구석구석에서 느껴졌으며, 집 문턱을 넘어 들어오는 순간 다시금 그를 옭아맸다. 그리고 그같은 상황에서는 종종 그렇듯이 하찮은 일로 말다툼이 벌어져 싸움이 격화되기 일쑤였다. 그는 이 무언의 심문에서 벗어나려 해보았지만 벗어나봐도 잠시뿐, 다음 날이면 모든 게 다시 시작되리라는 걸 알고 있었다.

결국 알레코 역시 장모에게 점점 더 쌀쌀맞은 태도를 취하게 되었음은 이해가 가고도 남는 일이었다. 그런데 놀랍게도 노파는 어떻게든 행동을 고치려고 노력하기는커녕 정반대되는 태도를 보였다. 마치 그들의 관계가 악화되는 모습을 지켜보며 짓궂은 쾌락을 음미하고 있는 듯한 인상을 주었다. 때론 그의 인내심을 시험하려고 일부러 그러는 게 틀림없다는 생각까지 들었다. 늙은 마귀할멈이 도대체 어쩌려는 건지, 그는 다시 한번 자신에게 묻지 않을 수 없었다.

특히 그가 맡은 일이 모두 순조롭게 풀리고 여기저기서 그에 대한 기분 좋은 말이 들려올수록 노파를 향한 분노가 밀려왔다. 그런 것들에 완전히 무관심한 태도를 보이는 사람은 노파뿐이었다. 그가 자신이 거둔 성과를 언급할라치면 노파는 허수아비처럼 입을 다물어버렸으며, 그 역시 계속 말하고 싶은 생각이 싹 가시면서 기분이 언짢아져서는 접시를 밀어버리거나 애꿎은 아내를 탓하거나 했다. 그러면 노파의 눈에 의기양양한 빛이 감돌았다. 노파가 머리가 돌아버린 건 아닐까 하고 그는 생각했다. 이제까지 겪은 끔찍한 일들과 공용징수* 따위로…… 하지만 혼자서는 이렇게 상상하면서도 정말로 그렇게 믿는 건 아니었다. 저 할망구, 친구들을 만나기만 하면 내 험담을 늘어놓겠지. 그는 이런 생각을 되풀이하면서 자신에게 상처가 될 만한 어떤 가시 돋친 말들이 노파의 입에서 나올지 추측해보려 애썼다. 늘 자신이 노파의 으뜸가는 비방의 표적이라 여겼기 때문이다.

그러나 사실은 그의 상상과는 딴판이었다. 집안의 수치는 밖으로 드러내지 않는다는 옛 원칙에 충실한 무하데즈였기에, 사위를 두고 누구한테 이러쿵저러쿵하는 일은 절대로 없었다. 그런데 이렇게 침묵하면 할수록 그녀는 사위에 대해 더 많은 생각을 하게 되었다. 독사 같은 녀석, 이제 내가 죽기만을 고대하겠

---

* 국가나 공공 단체가 공적인 목적을 위해 법률의 힘으로 개인의 특정한 재산권을 강제로 취득하는 일.

지. 노파는 혼자 이렇게 중얼대곤 했다. 지금 같아서는 그의 승진에 노파가 방해만 되었으니 이유는 명백했다. 맡은 일에서만큼은 그가 평판이 좋다는 걸 그녀도 들어 알고 있었는데, 그녀만 없다면 더 높은 점수를 얻게 될 것이 분명했다. 게다가 자기가 죽고 나면 상속자는 그가 아니던가…… 적어도 국외에 있는 재산은 아직 안전했다. 그 밖의 재산에 대해선 아무도 예측할 수 없었지만, 어쩌면 그것 역시 언젠가는…… 무엇보다 이 생각만 하면 진저리가 쳐졌다. 이미 다 계산하고 있었던 게야, 교활한 놈! 그녀는 이렇게 중얼댔다. 그리고 이런 적개심을 먼저 부추긴 게 자신이라는 사실을 잊고서 마치 사위를 향한 증오심을 부채질하려는 듯 어떤 확신을 품게 되었다. 처음엔 어떤 꿍꿍이셈으로 자기에게 싹싹하게 굴었지만 이제 자기 때문에 서기나 부장의 자리, 아니면 그와 비슷한 어떤 빌어먹을 직책에 오를 길이 막혀버리자 자기 앞에서 아무 말이나 내뱉는 거라고. 거지발싸개만도 못한 놈, 촌놈, 독사 같은 놈! 네녀석이 아무리 잔머리를 굴려도 이 무하데즈를 당해내진 못할 거다! 노파는 이렇게 되씹었다.

두 사람의 분쟁이 처음으로 노골적인 양상을 띠게 된 것은 몰락한 가문 사람들 사이에서 어떤 소문이 나돈 직후였다. 국외에 유치되어 있는 재산에서 이제껏 발생한 이자의 일부가 국립은행에 예치되어 그중 몇 퍼센트가 옛 소유주들한테 돌아올 거라는 소문이었다. 그래, 이게 바로 네가 기대했던 거겠지, 얼빠진 놈! 노파는 곧 이렇게 생각했다. 네녀석은 분명히 처음부터 이런 날이 올 줄 알았던 거야. 자신을 고귀한 감정의 희생자로 치장해서는 우리 모두를 잘도 속여먹었겠다. 하지만 내가 누군지 맛을 보여줄 테다, 바보 같은 놈. 이 무하데즈한테서는 한 푼도 슬쩍할 수 없다는 걸 알게 될 거야.

한 주 내내 노파는 사위 앞에서 점점 더 도전적인 태도를 취했다. 그러나 앞서 말한 소문은 그 내막이 훨씬 복잡한 데다 그런 일이 생길 가능성은 매우 희박하다는 사실을 그녀도 알게 되었다. 그럼에도 불구하고 사위와 맞붙겠다는 그녀의 욕구는 수그러들기는커녕 더욱 강렬하게 머리를 쳐들었다. 때마침 알레코는 장작 저장소의 책임자로 임명된 터라 장모의 모욕적인 행동이 더욱 견딜 수 없게 느껴졌다.

"정말 지긋지긋해요!" 어느 토요일 저녁, 그는 장모에게 등을 돌리며 반박했다.

관리의 늙은 아내는 눈 하나 깜짝 않고 냉정하게 사위의 도전에 응했다.

"이상한 일이군." 노파가 잠시 후 입을 열었다. "처음에 자넨 아주 순종적이고 고분고분했는데 말이야. 무슨 속셈으로 그랬는지 모르지만……" 이렇게 말하며 노파가 눈살을 찌푸리자 속눈썹 사이로 잿빛 눈이 예리한 칼날처럼 번뜩였다. "그래, 자네가 무슨 꿈을 꾸고 있었는지는 아무도 모르지. 하지만 내게 해외 재산의 이자를 받을 권리가 없대도 내 잘못은 아니야……"

"그런 건 내가 알 바 아니에요!" 그가 내뱉었다.

무하데즈는 웃음을 터뜨렸다.

"회계원이라고?" 그녀는 빈정대는 투로 말했다. "그런 수입을 위해서라면 자넨 자네 어미도 팔아먹을 사람이야!"

"그만둬요, 마귀할멈 같으니라고!" 그가 소리쳤다. "입 닥치라고요!"

"예전 같았으면 감히 내게 그런 투로 말하지 않았겠지. 자네가 무슨 계획을 짜고 있었는지는 알 수 없지만…… 하지만 영국인들이 들이닥치지 않은 게 내 잘못은 아니야."*

그는 치밀어 오르는 화를 참지 못하고 휙 돌아섰다.

"마귀할멈! 이탈리아 놈들한테 붙어먹는 더러운 갈보!"

무하데즈는 업신여기는 기색으로 사위를 훑어보았다.

"너야말로 더러운 갈보야!" 그녀는 차분히 가라앉은 음성으로 맞받았다. "하긴, 여자라면 갈보 짓을 할 수도 있지. 하지만 사

---

* 공산주의 정권기에 알바니아에서는 영국인들이 상륙하리라는 소문이 끊임없이 나돌았다.

거만한 여자 157

내놈이……"

그 순간 그는 방을 나가든지 아니면 노파에게 힘껏 달려들든지 양자택일을 할 수밖에 없다고 느꼈다. 결국 그가 택한 건 전자였다.

11

그런 증오심을 견뎌내기에 그들의 집은 너무 비좁았다. 무언의 협약으로 두 사람은 서로를 피해 다녔다. 그는 저녁 늦게야 귀가했으므로, 낮 시간 동안 노파는 주방을 독차지할 수 있었다. 하지만 저녁식사를 마치고 그녀가 싸늘한 방으로 돌아가야 하는 시간엔 좀더 미묘한 분위기가 감돌았다.

그 무렵, 낙오된 계급 분자들을 겨냥한 숙청이 시작되었다. 권좌에서 쫓겨난 처지이긴 해도, 소문대로 그들은 다양한 영역에 침투해 있었던 것이다. 수없이 많은 회합이 열렸고, 적잖은 사람들이 잇달아 해고되었다. 알레코는 장작 저장소에 은거하며 밤낮으로 그곳을 떠나지 않았다. 여기저기 물웅덩이가 팬 공터에 아무렇게나 쌓아 올려진 무수한 장작 더미가 그에게는 가장 안전한 피난처처럼 보였다. 숙청이 시작되면서 부장과 기획주임 사이의 다툼도 시들해졌다는 소문이 나돌았던지라, 그는 경영진 쪽에 더이상 발도 들여놓지 않았다. 그런가 하면 사람들이 그를 완전히 잊어주었으면 하는 바람에서 마을 거리에 모습을 드러내는 일조차 꺼리게 되었다. 그러나 사람들 뇌리에서 잊히는 것도 그리 쉬운 일은 아닌 듯싶었다. 그를 '음모에 정통한 조언자'로 평하는 말을 들었다고 지인 중 한 명이 알려온 것이다. 부장과 기획주임 간의 갈등이 갈 데까지 갔던 시절에 그가 부장 곁에서 담당했던 역할을 암시하는 표현임이 분명했다. 그 말을 듣고 알레코는 꼼짝도 할 수 없었다. 가장 두려워하던 일이 결국 일어나고야 만 것이다. 상심한 그는 자신에 대한 부장의 태도를 확인할 속셈으로 회의의 휴식 시간을 이용해 부장과 마주칠 방법을 강구했다. 그런데 자신을 보고도 본체만체하는 부장의 눈에서 경멸감을 읽은 순간 알레코는 심장이 멎는 듯했다.

그렇군, 그날 밤 알레코는 집으로 향하는 어두운 골목길을 걸어 들어가며 생각했다. 그래, 기획주임한테 화가 나 있을 땐 내 말이 조금도 거슬리지 않는다는 듯이 말했지. 자, 알레코, 그자가 값비싼 와이셔츠를 입는 걸 얼마나 좋아하는지 얘기 좀 해보게나, 하하하. 여자들한테 매력적이라는 소리를 얼마나 듣고 싶어하는지 말이야, 히히히. 그런데 이제 둘이 화해를 하고 나니 썩 꺼지게, 알레코! 이런 식이군. 날 생면부지의 사람 취급하면서 거만한 눈으로 내려다보며 푸대접하는 거야. 이봐, 부장 동지, 동지한테 필요한 게 뭔지 알겠어. 동지가 내 앞에서 기획주임 동지에 대해 쏟아놓은 말들을 빠짐없이 담은 근사한 익명의 편지 한 통이겠지. 그러고 나면 동지도 몸둘 바를 모르게 될 테니까.

실제로 그는 익명의 편지를 쓸 작정이었는지도 모른다. 그런데 바로 그 순간, 골목길 한 모퉁이에서 누군가가 비웃듯이 말하는 나지막한 목소리가 들려왔다.

"관리 부인들한테 굽실대기나 하는 그 비열한 인간은 언제쯤 나자빠질까?"

"걱정 마, 머지않았어." 또 다른 목소리가 말했다. "정부가 밭 가는 소처럼 천천히 토끼를 낚아채고 있으니까."

그는 목소리의 주인공을 확인하기 위해 뒤를 돌아보는 대신 목을 잔뜩 움츠린 채 걸음을 재촉했다. 입 안이 바싹 마르고 귀에서 윙윙대는 소리가 났다. 정말이지 우울하기 짝이 없는 하루였다.

한 주 내내, 그리고 연이은 몇 주 동안 그는 마음의 준비를 하고서 해고 통지서가 날아들기를 기다렸다. 하지만 장작 저장소는 이번에도 사람들의 뇌리에서 잊힌 것 같았다. 부슬비가 하염없이 내리는 와중에 누군가 저장소를 지나치다가 장작 더미들을 본다면, 이런 곳에도 책임자가 있어서 누가 그 자리를 탐낼 수도 있다는 사실에 놀라움과 측은함을 동시에 느꼈을 것이다.

늘 그렇듯이 모든 정황을 파악하고 있던 무하데즈는 몰락한 가문 사람들을 겨냥한 조사가 이루어지고 있다는 사실도 놓치지 않았다. 그렇지 않고서야 그녀와 사위의 관계가 그렇게 갑작스레 호전된 이유를 설명할 길이 없을 것이다. 두 사람이 눈에 띄지 않게 조금씩 가까워지는 모습을 보면서 친지들은 흡족해했다. 처음엔 상대방이 곁에 있어도 견뎌내는가 싶더니, 곧이어 "물이 뜨겁다"라든지 "화덕 위에 수프가 남아 있다"는 등의 말을 무심결에 주고받곤 했다.

12

해가 점점 길어지고 날씨가 따뜻해졌다. 숙청의 시기가 지나가고 삶이 원래의 리듬을 되찾으면서 알레코도 다시 자유롭게 숨 쉴 수 있게 되었다. 장작 저장소는 거의 텅 빈 상태였고, 북쪽 지방에서 갓 베어낸 나무를 실은 트럭들이 도착할 때까지는 아무 할 일이 없는 진정한 휴식 기간이 이어졌다. 직장은 평소의 모습을 되찾았다. 적어도 알레코의 생각엔 그랬고, 그 역시 여러 부서와 클럽에 좀더 자주 모습을 드러내게 되었다. 기획주임은 처음 보는 디자인의 근사한 셔츠를 입고 다시 나타났으며, 부장이 또다시 그를 못마땅한 눈으로 보기 시작했다는 소문이 나돌았다.

어느 날, 마지막으로 마주친 뒤로 여러 달 동안 보지 못했던 부장이 업무상의 문제로 알레코를 자기 사무실로 불렀다. 부장은 알레코를 주시하며 그의 말에 귀를 기울이고 있었지만, 생각은 딴 데 가 있는 게 분명했다. 이윽고 부장이 입을 열었.

"그 건방 떠는 인간이 입은 셔츠를 보았나?"

알레코는 돌처럼 굳어졌다. 옛일이 되풀이되려 하고 있었다. 그는 다시 부장 앞에서 기획주임에게 불리한 답변을 해야 할 것이며, 이 사실을 기획주임이 알면 곧 그에게 반감을 표할 것이고, 다른 사람들 역시 지난겨울처럼 그를 경멸해 급기야는 부장마저 이에 합세할 것이다. 이젠 다 글렀다고 그는 생각했다.

하지만 그는 부장에게 미소를 보이며 말했다.

"어떻게 안 볼 수 있겠습니까! 그걸 어떻게 모를 수 있겠어요!"

그렇게 해서 부장과 그의 거리가 다시 좁혀지기가 무섭게 마치 숙명처럼 기획주임의 경멸 가득한 표정이 이어졌다. 그리고 그다음 일들이 전개되면서 장모와의 관계에 벽이 생기고, 다시 등장한 예전의 의문이 그녀의 잿빛 눈에 항시 머무르게 되었다.

잇달아 찾아든 증오와 냉기는 먼젓번보다 더 심각했다. 어둡고 치밀한 그 증오에서 희망적인 것은 전혀 기대할 수 없었다. 그는 간혹 한밤중에 잠을 깼다. 겨울철에 들보가 삐걱거리듯 노파의 저주가 정말로 온 집 안에 꽉 차 있는 느낌이었다.

실제로 그녀는 몇 시간이고 중얼대며 악담을 늘어놓았다.

"넌 쓰레기야. 돼지우리를 다 뒤져도 너만 한 쓰레기는 찾지 못할 거야." 복도에서 두 사람이 서로에게 한바탕 욕설을 퍼붓고 난 다음이면 그녀는 혼자 이렇게 절규했다.

"추악한 괴물, 위선자, 엉큼한 놈! 예전엔 자기한테 무언가 굴러 들어오리라 기대하고 싹싹하게 굴며 굽실댔지. 한데 이제 그런 희망이 사라지고 나니 나한테 욕을 해도 된다고 믿는 거야. 자기 사람들을 팔아먹은 더러운 인간. 넌 날 줄곧 방해물로 여기고 있지. 두 개의 젖통을 동시에 빠는 연습을 했으니, 비굴함과 아첨으로 계속 출세 가도를 달릴 수 있을 거야. 넌 하이에나처럼 공산주의 지도자와 관리자 사이에 충돌이 있는 곳마다 찾아가 킁킁대며 냄새를 맡고선 승산이 있는 쪽에 붙어 알랑거리며 어떻게든 더 많은 이득을 챙기려 하지. 그렇게 해서 좀더 높은 사리에 오르거나 성공할 수도 있겠지. 한데 폴란드 시인—이름은 생각나지 않지만—이 쓴 벌레에 대한 시를 알고 있나? '아, 벌레야, 어찌 이리 높은 데까지 올라왔니? 기어서⋯⋯ 기어서…… 나의 형제여……' 그래, 너 역시 그런 식으로 올라갈 거야, 굼벵이 같은 놈! 바람이 휙 불어 널 땅에 떨어뜨려버리겠지만, 그래도 넌 다시 기어오르겠지. 그런 식으로 넌 평생을 살아갈 거야. 어느 날 누군가의 발꿈치에 짓밟혀 영원히 으깨지는 신세가 될 때까지 말이야, 쓰레기 같은 녀석!"

노파가 그날 저녁만큼 화를 낸 적은 일찍이 없었다. 그녀는 앙상한 두 손을 모아 쥐고 쉼 없이 중얼대면서 마치 덫에 걸린 짐승처럼 좁은 복도를 오락가락했다. 사위가 저녁식사를 하고 있는 주방에서 숟가락이 달그락거리며 접시 바닥에 부딪는 소리가 들려왔다. 노파는 이 세상의 독이란 독은 모조리 그 접시에 모아 놓았으면 하는 심정이었다! 주방 문을 밀치고 들어가 그 가증스러운 소리를 멈추게 하고 싶어 못 견딜 지경이었다. 자신이 그를 어떻게 생각하는지 그의 아내와 아이들 앞에서 모조리 쏟아놓고 싶었다.

그 순간 도저히 참기 어려운 그 달그락대는 소리만 들리지 않았어도 노파는 일을 저지르지 않았을 것이며 그런 유혹에 등을 돌렸을 것이다(이미 여러 차례 유혹에 굴복할 뻔했지만 마지막 순간에 마음을 고쳐먹곤 했다). 그러나 더이상 자신을 억제할 수 없는 순간이 닥치자, 노파는 있는 힘을 다해 주방 문을 밀치고 들어가 그의 면전에서 그가 얼마나 나쁜 인간인지를 토해냈다. 혼자 끝없이 되뇌었던 토막 난 문장과 단어 들이 노파의 머릿속에서 시끄럽게 윙윙대며 소용돌이쳤다. 그의 협잡과 그가 빨고 있는 두 젖통, 언젠가는 장모의 재산을 상속받겠다는 꿍꿍이셈, 사기와 아첨, 그리고 그런 것들 말고도 앞서 말한 벌레, 기어 올라갔다 떨어지고 다시 기어오르지만 급기야는 발밑에 으깨어지고 마는 벌레 이야기까지.

얼굴은 일그러지고 눈알은 튀어나온 채 그 모든 말을 내뱉고 있는 자신이 제정신이 아님을 노파는 깨닫고 있었다. 그래도 입에서는 여전히 욕설이 흘러나왔다. 오열만이 매끄럽게 할 수 있는 탁한 목소리였다.

"네놈이 내 딸을 데려간 건, 운명의 수레바퀴가 네놈한테 유리하게 굴러가 내 재산을 차지할 수 있으리라 생각해서였겠지. 하하하, 더러운 놈, 촌놈의 자식! 그런 일이 닥치면 내가 널 어떻게 할 것 같나? 천하고 무식한 놈, 내가 어떻게 할지 잘 들어봐! 재산을 되찾게 되는 바로 그날, 그 첫날, 널 개처럼 쫓아내고 말 거야! 알았어? 개처럼……"

ㄱ는 양손으로 접시를 꽉 움켜잡았나. 그걸 노파의 얼굴에 던지든지, 그게 안 되면 뒤집어엎을 생각으로. 하지만 둘 다 실행에 옮기지 않은 채, 깜짝 놀라 떨면서 바라보는 아이들 앞에서 한참 동안 그대로 있었다. 그사이 분노를 폭발시키고 나서 마음

이 진정된 노파는 다시 복도로 사라져버렸다.

  그날 노파는 밤을 새워가며 종이에다 뭔가를 끼적거리다 결국 찢어버렸는데, 그런 모습이 며칠이고 계속 이어졌다. 몰래 다가가 어머니가 쓴 글을 훔쳐본 딸은 그 편지들이 하나같이 '당지구장님께'라는 말로 시작되며 잇따르는 글귀들은 모두 삭제되어 있음을 확인했다.

  노파가 처음 뇌졸중으로 쓰러진 날에도 그 비슷한 편지를 작성하던 중이었다. 그런데 노파의 오랜 친구인 옛 섭정의 누이동생은 나중에 뜻밖의 이야기를 털어놓았다. 노파가 사위를 향한 증오심을 그 편지에다 배출한 것은 사실이지만 그것들을 발송할 생각은 한 번도 해본 적이 없다는 것이었다. 노파가 친구에게 심중의 생각을 그대로 고백한 바로는, 사위와 자기 두 사람의 관계가 어찌 됐든 사위 역시 이제는 가족의 일원이라는 것, 또 여하한 경우에도 집안의 수치를 밖으로 드러내서는 안 된다는 것이었다.

1984년 2월

••• 술의 나날

1

  단짝 친구가 나를 설득하고야 말았다. 시험이 끝난 뒤 때맞춰 그 일이 일어나지 않았다면 절대로 나를 설득할 수 없었을 것이다. 하긴 시험과는 아무 관계가 없는 일이긴 했다. 그보다 훨씬 전, 정확히 말하면 바깥에 싸락눈이 하얗게 흩날리고 우리가 대강당에서 나른한 표정으로 안돈 차유피*에 대한 강의에 귀 기울이고 있던 그날 이미 그는 나를 설득한 것이나 다름없었다. 친구가 바로 그 순간을 선택한 건 정말이지 감탄할 만한 일이었다 (그는 나이 둘도 없는 딘짝 친구였시만 그를 두고 이처럼 감탄해보기는 처음이었다). 바깥에 싸락눈이 하얗게 흩날리고 우리

---

* 20세기 초에 활동한 알바니아의 유명한 시인. 작품의 일부가 소실되었다.

가 나른한 표정으로 강의에 귀 기울이고 있던 그 순간 그가 내게 자기 생각을 털어놓은 것이다.

사실대로 고백하면 벌써 두 주 전부터 친구와 나는 어떤 무모하고도 들뜬 기분에 사로잡혀 있었다. 우리 두 사람의 삶에 무언가 변화가 있을 것임을 직감한 것이다. 그것이 12월 중순의 다소 음산한 날씨 탓인지, 혹은 시험이 코앞에 닥쳐서인지, 아니면 훨씬 엉뚱한 다른 이유에서인지는 친구도 나도 전혀 알지 못했다. 심리 분석이 우리의 장기인데도 말이다. 아무튼 두 사람 모두 한 가지 사실만은 분명히 깨닫고 있었다. 철학적으로 말하자면 사는 게 지겨워진 것이었다. 그러니 우리의 삶에 어떤 변화가 있어야 한다는 느낌이었다. 새롭고도 신선한 무언가가 이 삶에 끼어들어야 했다. 여자? 아니다. 이미 오래전부터 친구와 나는 여자 문제를 논외로 삼고 있었다. 두 사람 모두 그 문제로는 더 이상 골머리를 앓지 않았다. 사실 우리의 전력에는 여자들과 함께한 수많은 파렴치한 짓들이 포함되어 있었는데, 급기야 사건이 터지고 말았다. 어느 날 친구네 집에 그가 연정을 품었던 여자의 숙부, 숙모 들이 몰려와 대판 싸움이 벌어지면서 집안이 발칵 뒤집힌 것이다. 그 사건 이후로 우리는 여자 문제를 삶에서 제외시켰으며, 보다 흥미로운 다른 일을 찾아나서게 되었다.

결국 그 시기에 우리는 여러 술집을 전전하며 코냑을 마셔대면서 말없이 술기운에 젖곤 했다. 그렇게 12월 중순은 하루하루가 통속소설 페이지 넘기듯 지나갔다. 그런 상태가 얼마나 지속될지 전혀 예측할 수 없었다. 을씨년스러운 12월의 어느 날, 밖에는 싸락눈이 하얗게 흩날리고 우리가 나른한 표정으로 차유피에 대한 강의에 귀 기울이고 있던 그 순간에 친구가 내게 자기 생각을 털어놓지 않았다면 말이다.

우리가 실존의 위기를 맞고 있던 시기, 하루하루가 통속소설 페이지처럼 이어지던 그 시기에 친구가 그런 생각을 털어놓을 수 있었다는 건 참으로 놀라운 일이었다. 그날이 때마침 12월의 음산한 날이었고 밖에는 싸락눈이 하얗게 흩날리고 있었다 해도 어쩌면 사정은 달라질 수도 있었다. "이 중요한 시 작품은 완전히 소실되었으며, 오늘날까지 그 흔적을 찾아낸 이가 없다." 교수의 이 한마디가 없었다면, 그렇다, 사정은 달라졌을지 모른다.

"뭐가 소실됐다고?" 친구가 다른 학생에게 물었다. 소실된 그것이 우리에게 너무도 큰 중요성을 띠게 되어 친구와 나, 두 사람의 인생 행보가 갑작스러운 변화를 겪게 되리라는 예감이라도 든 것처럼. 그 12월 중순까지도 우리의 삶은 묵묵히 함께 기울이는 코냑 잔으로 점철되어 있었는데, 그 순간 친구는 예상한 것 같았다. 우리가 드디어 성무원*과 얽히고설킨 복잡한 관계의 망 속으로 들어가게 되리라는 것을.

"거기 학생, 조용히 하게!" 교수가 소리쳤다. "대체 무슨 일인가?"

"뭐가 소실된 겁니까?" 친구가 큰 소리로 물었다.

교수는 친구의 얼굴을 빤히 바라다보며 비장한 목소리로 되풀이해 말했다. "안돈 자코 차유피의 중요한 시 「대전(大戰)에 바치는 애가」가 소실되었지."

친구는 의자에 힘없이 털썩 주저앉았다. 바로 그 순간, 마치 목석과도 같이 그가 자기 자리에 주저앉던 순간, 무언가가 내 머릿속을 뚫고 지나갔다. 폭우와 코냑의 그 12월, 우리 삶에 어떤 변화가 일어나고 있다는 직감이었다. 나의 예측은 빗나가지 않았다. 그 일이 있은 직후 친구가 내게 자신의 계획을 털어놓았으니 말이다.

2

시험이 끝난 뒤 친구와 나는 여행길에 오를 준비를 했다. N이라는 외딴 도시로 차유피의 소실된 작품 원본을 찾으러 떠나기

---
* 정교 교회의 종교회의.

로 했다는 것을 우리는 아무에게도 말하지 않았다. 코냑만이 우리의 비밀을 함께 나누었으며, 우리의 나날을 채워준 것도 언제나 코냑이었다. 우리는 이제 침묵 속에서 술을 마시지 않았고 전처럼 목적 없이 하루하루를 보내는 것도 아니었기에, 우리의 나날을 더이상 통속적이라 할 수는 없었다. 늘 그렇듯 바깥에는 비가 억수같이 내리고 있었지만 그래도 로맨틱한 시절이었다고 단언할 수 있다. 오후에 우리는 담배 연기와 손님으로 가득 찬 술집 한구석에 눌러앉아 이런저런 계획을 짰다. 그리고 해 질 무렵이 되어서야 술집에서 나와, 빗줄기가 요란한 소리를 내며 부딪는 우산을 피난처 삼아 우리의 '우산 밑 비밀'을 계속 나누었다.

하지만 우리가 말로 만족한 건 아니었다. 친구와 나는 늘 행동가였다. 여자들과의 관계에서도 그랬다. 여자들은 이미 우리의 머릿속에서 지워버린, 그것도 깡그리 지워버린 상태였지만 말이다. 우리는 아무도 모르게 N시로 떠날 준비를 했다. N시는 친구의 고향이자 그의 숙부와 숙부의 어머니, 다시 말해 친구의 할머니가 사는 곳이었다. 우리는 두 주 동안 그 집에서 신세를 질 생각이었다. 두 주면 충분하다고 믿었기 때문이다. 그 당시 낙관적인 생각으로 가득 차 있던 우리에게서 다소라도 통속적인 시절의 흔적을 찾아보기는 어려웠을 것이다. 12월 후반의 두 주가량을 제외하고는 대개의 경우 우리는 어느 정도 낙관적인 기분을 유지하고 있었으니까. 친구가 여자친구의 숙부에게 주먹질을 당하고 나 역시 친구 여자친구의 숙모한테 머리를 쥐어뜯긴 날조차도 우리는 낙관주의자로 남을 수 있었다. 그날 이후로 머릿속에서 여자들을 지워버렸지만 말이다. 하지만 이번에야말로 우리의 낙관은 사람들의 상상을 초월하는 것이었다. 우산 밑에서 우리는 골백번도 더, 우리의 행동이 몰고 올 소동과 티라너로의 당당한 입성 같은 상상에 젖곤 했다. 물론 내 친구와 우산, 그리고 나만이 아는 이런저런 엉뚱한 상상도 있긴 했지만. 비밀을 엄수하는 문제는 심리 분석이나 여자들만큼 친구를 열광시키지는 못했지만, 이번만큼은 그 역시 모범이 되어주었다. 안개 낀 습하고 추운 1월의 그 아침에 우리가 어디로 가고 있었는지 안다고 감히 떠벌릴 수 있는 사람은 없을 것이다. 우리는 집에서 나와, 더없이 비밀스러운 자태로 우리를 기다리는 버스 터미널을 향해 걸어갔다.

  비가 뿌리는, 얼음처럼 차가운 아침이었다. 우리는 몸을 떨며 터미널에서 버스를 기다렸다. 버스가 올 때까지 꽤 오래 기다려야 했지만, 그렇다고 조금이라도 풀이 죽거나 하지는 않았다. 우리의 낙관은 물을 겁내지 않는 손목시계에 비견할 만한 것이었다.

3

"자, N시에 도착했습니다……!"

뒷좌석에서 졸고 있던 나는 이 소리에 마치 폭탄이라도 터진 듯 깜짝 놀라 눈을 떴다. 그리고 나와 마찬가지로 잠에 빠져 있던 친구를 깨웠다. 우리는 열여섯 시간에 걸친 여행으로 거무칙칙해진 얼굴을 흙이 튀어 더러워진 차창에 바싹 갖다 댔다. 멀리, 아주 멀리서 발작을 일으킨 간질 환자처럼 흔들리는 불빛이 눈에 들어왔다. 지쳐 있던 승객들이 활기를 되찾았다. 서너 명이 쉰 목소리로 여행 내내 불렀던 노래의 후렴구를 되풀이했다.

N, 오 N, 산적 셰모의
숭고한 흔적이 각인된 도시이자 요람인……

버스는 시끄럽게 부르릉대며 도로를 내려갔다. 위에서 내려다보면 마치 산허리에 아무렇게나 동아줄을 던져놓은 것 같은 길이었다. 나는 차창에서 눈을 떼지 않았다. 산허리를 돌 때마다 내 친구가 태어난 도시의 불빛이 빗물에 목욕이라도 한 듯 더한 층 밝게 빛났다. 차창이 온통 더럽거나 말거나 난 거기서 눈을 뗄 줄 몰랐다.

N시에 처음 와본 나에겐 그 불빛이 신기하기만 했지만, 친구는 그런 광경에는 아랑곳하지 않고 짐을 챙기느라 분주했다.

차가 멈추었을 때에는 우리 둘 다 너무 지쳐 있어서, 통속적이었거나 그렇지 않았던 시절 우리가 코냑을 앞에 두고 혹은 우산 밑으로 피신해 나누었던 대화들은 기억하려야 한 마디도 기억해내지 못했을 것이다. 한 무리의 사람들이 버스 주위로 몰려들었다. 차창 밖에서 몇몇 침울한 얼굴들이, 산소마스크 뒤에 숨은 잠수부의 얼굴을 꼼짝 않고 탐욕스레 바라보는 물고기들처럼 우리를 주시하고 있었다. 나 역시 밖에서 벌어지는 일들을 호기심 있게 관찰하며 상당한 즐거움을 맛보았다. 그 순간 이전의 삶에 대해서는 아무 기억도 나지 않을 만큼 머리가 텅 비어 있었지만 말이다. 친구의 할머니가 다가와 내 두 뺨에 입을 맞추고 친구가 숙부 내외를 소개해주었을 때에야 비로소 나는 정신을 가다듬었다.

"짐꾼, 짐꾼!" 하고 외치는 소리가 사방에서 들려왔다.

"차장 양반, 신문은 도착했소?" 누군가가 물었다.

"네, 도착했습니다!"

"모이세 촘베*에 관한 기사가 실렸소?"

---

* 1919~1969. 콩고민주공화국의 정치가. 카탕가주(州)의 총리로 있다가 유엔이 카탕가를 장악하자 에스파냐로 망명했다. 1967년에 사형을 선고받았다. 그해 알제

"한데 여보게, 복권 당첨 소식은 있나?"

"네, 있어요, 할머니!"

우리 다섯 사람은 이런저런 이야기를 나누면서 친구의 숙부 집으로 향했다. 집에 도착한 우리는 불길이 탁탁 소리를 내며 타오르는 벽난로를 둘러싸고 바닥에 앉아 솔직하고 자유로운 대화를 나누었다. 참으로 멋진 저녁 시간이었다. 벽난로 속에서는 바람이 윙윙 울어댔으며, 아직 젊고 매력적인 친구의 숙모가 우리에게 아페리티프 비스킷과 라키**를 대접해주었다. 친구와 나는 우리가 심리 분석이나 여자들만큼이나 술에도 강하다는 걸 다시금 확인하면서 숙부와 건배를 하며 독한 라키를 들이켰다. 그러다 결국 머릿속이 뒤죽박죽되어 12월 후반의 날들을 다시 떠올리게 되었다. 코냑과 우산 속으로 피신해 낮은 소리로 나누었던 독송을 비롯해 수많은 엉뚱한 일들이 함께 되살아났다. 그러니까 친구와 우산과 나, 그게 아니면 코냑과 라키와 나만이 알고 있던 일들이었다. 통속소설의 페이지들과도 흡사한 12월 후반의 나날 동안 우산 위로 억수처럼 퍼부었던 코냑 소리와 친구와 나 사이에 있었던, 그렇게 엉뚱하면서도 아주 복잡한 무언가였다.

리로 납치되어 감금 생활 중 병사하였다.

** 근동 지방에서 마시는, 아니스 향을 지닌 증류주.

우리는 완전히 취해 잠자리에 들었다.

4

잠결에 누군가의 손이 옆구리에 닿는 것이 느껴졌다. 간신히 눈을 뜨자, 내게 일어나라고 신호를 보내는 친구의 모습이 보였다. 아직 이른 시각이었고, 높다란 창문으로 창백한 새벽빛이 스며들었다. 겨울바람이 윙윙 소리를 내며 벽난로 안으로 밀려들었다. 어둠에 묻힌 후미진 곳과 골방을 비롯해 그 넓은 저택 구석구석에서 불안한 기운이 새어나왔다.

친구와 내가 집 안 사람들을 깨우지 않으려고 조심스레 계단을 내려와 밖으로 몰래 빠져나왔을 때에는 새벽 다섯시가 채 안 된 시각이었다. 잠이 부족해서였는지 우리는 추위에 벌벌 떨었고, 창백한 얼굴에 정신이 몽롱한 상태였다. 그렇게 걷다가는 날이 새기 전에 어디로 가게 될지도 알 수 없는 일이었다. 그렇긴 해도 아직 사위가 캄캄한 시각의 외출은 우리가 행동가임을 말해주었고, 코냑을 앞에 두고 한껏 비상했던 우리의 꿈들이 라키로 인해 잊히지 않았음을 증명해주었다.

포장된 도로를 걷는 우리의 발소리가 엇박자로 들릴락 말락 울려 퍼졌다. 높은 담벼락과 위압적으로 닫힌 문이 얼어붙은 듯한 무거운 정적 속에 길게 늘어서 있었다. 길 끝에 이르러서야 내가 친구에게 물었다.

"어디로 가는 거지?"

친구는 잠시 당황한 표정을 지었고, 우리는 한참 동안 그렇게 서로의 얼굴을 바라보며 서 있었다. 하지만 두 사람 다 심리 분석에 탁월했던지라, 그런 질문을 해서는 안 된다는 사실을 곧 깨달았다. 이미 모든 게 너무도 분명했다. 우리는 소실된 원본을 찾아나선 것이었고, 그 밖의 질문은 불필요했다. 그런데 이번 여행을 비롯해 코냑과 우산의 나날과 관련된 이런저런 이야기를 나눈 우리였지만 정작 어디서 어떻게 그 원본을 찾을 수 있을지에 대해서는 구체적으로 의문을 제기해본 적이 없었다. 그 문제를 한 번도 숙고해보지 않았던 것은 우리의 머릿속이 낙관으로 가득 차 있었기 때문이다. 친구 집에서 친구 애인의 숙모, 숙부들과 대면했던 사건, 더이상 생각하고 싶지 않은 그 사건 때 품었던 것보다 더 큰 낙관이었다.

그렇게 우리는 N시의 잠든 거리를 따라 걷고 있었다. 두 사람 다 아무 생각도 하지 않았고, 그래도 상관없다는 것을 저마다 염두에 두고 있었다. 사실대로 말하면, 머릿속이 아직 멍한 상태였고 수면 부족으로 눈이 저절로 감겼다. 그렇게 우리가 어디를 향

술의 나날 179

해 가고 있었는지는 아무도 말할 수 없었을 것이다. 그런데 바로 그 순간, 그 도시에 단 하나밖에 없는 교회의 종소리가 울렸다. 종소리는 구름이 낮게 깔린 하늘에서 느릿느릿 맴을 돌았다.

그제야 친구와 나는 그날이 일요일임을 깨닫고 정신을 가다듬었다.

"어디로 갈까?" 친구가 물었다.

"그건 네가 알지. 나를 침대에서 끌어낸 게 너니까."

"교회로 가자." 친구가 대답했다.

교회의 종소리가 쉬지 않고 뎅그렁댔다. 소실된 원본을 찾기 위해 교회로 가자는 친구의 제안이 정말로 좋은 생각인지 나는 확신이 서지 않았다. 긴긴 세월의 심연 속에서 잊히고 만 수많은 원본들을 환기시키는 조종(弔鐘)이 사방에 끝없이 울려 퍼지던 그때, 어떻게 친구의 제안에 솔깃해질 수 있단 말인가?

"왜 교회야?" 내가 물었다.

"왜 교회로 가냐고? 그야 교회에서 찾아야 하기 때문이지. 신부들은 대개 원본 수집광들이거든."

"너, 그거 영화에서 본 거지?"

"그런 거 아니야!"

"널 따라 교회에 가고 싶은 생각 없어." 내가 맞받았다. "차유피는 신자가 아니었으니까 그의 시가 교회에 있을 리 없어. 교회엔 기껏해야 브로크하르트 수사*의 편지 같은 거나 있겠지."

"브로크하르트 수사? 그것도 괜찮겠네!" 친구가 탄성을 올렸다.

이번에는 친구의 말에도 일리가 있었다. 브로크하르트 수사의 글이라고 안 될 것도 없었으니 말이다. 그런 생각이 떠오르다니 운이 좋았지! 바깥에 싸락눈이 날리던 12월의 그날, 친구와 내가 차유피에 대한 수업을 듣다가 정신이 몽롱해지지 않았다면 우리가 이 여행을 생각해냈을 리 만무하지 않은가. 하지만 그건 그렇다 치고, 브로크하르트 수사의 원본 쪽으로 시선을 돌려서 안 될 것도 없었다. 가련한 그 수도승의 편지를 찾아내는 것도 괜찮은 일 아닌가?

우리는 더이상 실의에 빠져 있지 않았고, 머릿속의 생각도 전에 없이 명쾌해졌다. 낡은 교각을 건너가고 있을 때 때맞추어 비가 내리기 시작했다. 다리 저편에 실편백나무들이 양옆으로 늘어선 길과, 길 끝에 자리한 교회의 웅장한 정문이 보였다. 우리는 머리 꼭대기에서 발끝까지 흠뻑 젖은 채 그 문을 두드렸다. 비가 억수로 퍼붓고 있었다. 안에서 아무 반응이 없자 우리는 다시 한번 문을 두드렸다. 종소리는 이미 오래전에 멈췄고, 문은

---

* 중세 수도자. 알바니아 여행 이후 알바니아어에 대한 첫 증언들을 기록으로 남겼다.

우리의 기습 공격에도 꿈쩍하지 않았다.

"요르고 아저씨, 이봐요, 요르고 아저씨!" 교회지기 요르고를 소리쳐 부르는 친구의 목소리가 빗발이 후려치는 묘지 저편까지 울려 퍼졌다.

우리는 응답을 기대하며 귀를 기울였지만 허사였다.

그 자리에 선 채로 화가 난 마음을 가라앉히며, 세찬 빗줄기 속에 넝마처럼 흐느적거리는 실편백나무를 바라보고 있었다. 그때 갑자기 침울한 생각이 우리를 덮쳐왔다. 통속소설의 페이지들과도 흡사했던 12월 후반의 기분과는 사뭇 다른 무엇이었다. 이런 궂은 날씨에 친구 숙부의 집을 떠나오다니, 나는 몹시 후회가 되었다. 이 시간 벽난로 앞에 앉아 아침식사를 하고 있다면 얼마나 좋았을까. 벽난로 속에서 바람이 윙윙 울어대는 동안 숙부의 젊은 아내가 우리를 위해 잉걸불 위에 빵을 굽고 있었을 텐데.

"왜 그렇게 일찍 설친 거야?" 내가 원망 섞인 목소리로 친구에게 물었다.

"나도 몰라. 그냥, 참을 수가 없었어."

우리는 한참 동안 그렇게 잠자코 있었다. 실편백나무가 늘어선 쓸쓸한 길 위에 빗줄기가 만들어놓은 작은 물웅덩이들을 바라보면서.

"빗발이 좀 약해지면 집으로 가자." 친구가 말했다.

5

쉼표, 마침표, 쉼표…… 친구와 나는 긴 의자 위에서 뒹굴고 기침을 해대면서 담배를 피웠다. 우리는 기침을 그 강도에 따라 문장부호와 연결 지었다. 문장부호의 사용이라면 여자나 술만큼이나 친구와 내가 통달해 있는 분야였다. 그렇게 감기에 걸려 시내로 다시 나가볼 수 없음을 아쉬워하면서, 우리는 한 마디 말도 없이 콜록거리며 담배만 피워댔다. 하루하루가 흡연과 기침의 나날로 변해가는 것이 몹시 애석했다. 벌써 이틀째 그렇게 기침을 해대면서 담배를 피우고 있었으니 말이다.

벽난로와 벽의 갈라진 틈으로 쉴새없이 바람이 새어 들어오는 친구 숙부의 낡은 집에서 우리는 권태로 죽을 것만 같았다. 높다란 창문 너머로 아래쪽 계곡의 불어난 강물과 옆집의 황량한 정원 위를 맴도는 까마귀들이 보였다.

쉼표, 세미콜론, 괄호 닫고……

수동적이고 무기력하게 변해버린 우리의 모습에 친구와 나는 짜증이 나 견딜 수 없었다. 우리는 언제나 행동가였으니 말이다.

친구가 숙부 집 사람들에게 차츰 건방지게 구는 모습이 내 눈에 띄었고, 나 역시 건방진 태도를 보이기 시작했다. 우리는 담배 연기를 내뿜고 기침을 하는 틈틈이 잠자리나 식사를 비롯해 이 것저것에 대해 수많은 불평을 늘어놓기 시작했다. 친구는 심지어 침대에 빈대가 들끓는다는 투정까지 했다. 그런 마뜩잖은 기분이 어디서 비롯되었는지 우리 자신조차 설명할 수 없었을 것이다. 그러던 어느 날 나는 강낭콩이 수북이 담긴 접시를 식탁 위에 내리치며 콩이 덜 익었다고 소리치는 지경에 이르렀다.

이처럼 팽팽한 긴장감이 감도는 상황이 앞으로 어떻게 전개될지 아무도 예측할 수 없었다. 지붕 밑 방에서는 바람이 쉴새없이 울어댔으며, 우리는 이 방 저 방을 오가며 서로에게 욕을 해댔다. 그같은 상황은 심한 말다툼으로 귀결될 것이 뻔했다. 친구 집에서 친구 애인의 숙모, 숙부와 맞붙었던 사건, 더이상 생각하고 싶지 않은 그때의 일보다 한층 심각한 언쟁으로 말이다.

어찌 됐건 집주인들은 참을성 있는 모습을 보여주었다. 때로 숙부의 얼굴이 잔뜩 일그러지기도 했지만. 그러던 어느 날 나는 친구의 할머니 앞에서 친구에게 선언하기에 이르렀다. 숙부의 젊은 아내가 내 마음에 꼭 든다고. 우리가 여자 문제를 삶에서 제외시켰다 해도 그 점만은 사실이라고.

잠시 뒤 친구가 숙부와 크게 다투는 소리가 들려왔다. 하지만 지붕 밑 방에서 울어대는 세찬 바람 소리 때문에 두 사람이 대체 무슨 일로 그러는지 알 수 없었다. 이윽고 방문이 열리고 친구가 얼굴이 벌게진 채 방에서 나오면서 숙부를 향해 소리를 질렀다.

"광신자! 오스만!"*

그러자 숙부가 맞받아 소리쳤다.

"더러운 녀석들! 염탐꾼들!"

이것이 그 겨울날 친구의 숙부 집에서 오간 마지막 대화였다. 그 길로 우리가 그곳을 떠났음은 상상이 가고도 남을 것이다. 우리는 어깨에 외투를 걸치고 손에는 짐 가방을 든 채 쿨룩거리며 담배를 피워대면서 대문을 나서 얼어붙은 거리로 나왔다. 거리 양편으로 늘어선 집들의 창문에서 사람들이 놀란 표정으로 우리를 내려다보았다. 불량배 몇 명이 지나가다가 우리를 보고는 "멋져! 근사해!" 하고 탄성을 터뜨리며 휘파람을 불어댔다. 우리가 입고 있던 바지의 가랑이가 몹시 좁았던 건 사실이지만, 유행 따위에는 전혀 신경 쓰지 않는 우리였는데 말이다.

호텔 5층에 방을 잡자마자 우리는 곧장 침대로 들어가 다시 기침을 해대며 담배를 피우기 시작했다.

---

* 오스만투르크 제국은 1385년부터 알바니아를 침공했으며, 1468년 알바니아를 식민지로 통합한다.

6

 친구와 나는 근처의 술집 한구석에 자리를 잡고 젖은 창문 너머로 행인들이 오가는 모습을 지켜보았다. 저녁 시간인 데다 호텔 안에 냉기가 감돌아서 어디로 갈까 망설이던 끝에 결국 사람들과 담배 연기로 가득한 그 술집을 피난처로 삼게 된 것이다. 신문팔이가 탁자를 돌며 판 신문을 손님들이 요란스레 넘겨가며 읽고 있었다. 티라너에서 오는 차가 도착한 것이 분명했다.

 우리는 호텔에 두고 읽으려고 여러 종류의 신문을 한 부씩 산 다음 계속 담배를 피웠다. 오른편으로 우리와 마주한 탁자에 세 남자가 앉아 있었다. 그들은 신문은 사지 않고 나지막한 목소리로 계속 대화만 나누었다. 그중 의심 가득하고 집요한 눈길의 사내가 교활한 눈을 줄곧 깜박거렸는데, 마치 '난 알아, 전부 알고 있어……'라고 말하는 듯 보였.

 "저기, 콧수염 난 남자 보이지?" 친구가 그 사내들 중 한 명을 가리키며 말했다. 우리를 몰래 훔쳐보는 사내의 맞은편에 앉은 남자였다. "저 사람, 유명한 사기꾼이야. 다리를 좀 저는데, 그래서 사람들이 엑시츠*라고 부르더라."

---

* eksiq. 그리스 어원의 알바니아 단어로서, 신체적인 결함이 있는 사람을 가리킨다.

바로 그때, 친구의 숙부가 친구 두 명과 함께 나타나 우리 뒤편 탁자에 앉았다. 숙부는 우리를 못 본 척하며 등을 돌린 채 다른 사람들처럼 계속 신문만 뒤적였다.

우리는 뼈저리게 소외감을 느끼고 있었다. 그렇게 침묵이 이어졌기에, 통속소설의 페이지와 흡사한 나날이 다시 찾아든 것 같았다.

왼편 탁자에 앉은 사람들 역시 신문은 사지 않고 대화에 몰두했는데, 우리는 그들 대화를 한 마디도 놓치지 않고 듣고 있었다. 우선 전쟁 시절의 이야기가 화제에 올랐고, 잇달아 주제가 바뀌어 N시의 오래된 성채가 화두로 떠올랐다. 그들 중 한 남자가 말했다.

"지금부터 2년 전 내가 티라너에 있을 때 이야긴데, 친구 한 명이 그러더군. 우리 성채가 시 위생에 좋지 않다는 거야. 도시를 너무 그늘지게 해서, 그러니까 광…… 광…… 광하……"

"광합성 말이야?"

"맞아…… 이전 정부들은 그걸 전혀 중요하게 여기지 않았다더군."

"그럼 성채를 파괴하는 게 낫다는 말인가?" 다른 남자가 따져 물었다.

세 사람은 잠시 깊은 생각에 빠졌다.

"하지만 그걸 어떻게 파괴한다지?" 한 명이 꿈을 꾸듯 나지막한 목소리로 물었다.

그들은 다시 생각에 잠겼다.

"평화적인 용도로 핵에너지가 사용된다면, 내 생각엔……"

"그래, 그런 목적으로 사용한다면…… 그렇긴 해도……"

그들은 흥분된 표정으로 그렇게 한참을 생각했다.

"어쩌면 자원봉사로 가능하지 않을까?" 이윽고 한 사람이 아주 침착한 목소리로 제안했다.

"안 될 것도 없지. 좋은 생각인지도 몰라." 다른 두 명이 거들었다.

그런데 그 부분에서 우리는 그들 대화의 결정적인 말을 놓치고 말았다. 넥타이와 정장 차림의 대머리 남자 셋이 우리한테 양해도 구하지 않은 채 우리 탁자에 와서 앉았기 때문이다. 평소 같았으면 친구와 내가 그런 일을 그냥 보아 넘겼을 리 없지만 이번만큼은 우리 둘 다 깊은 생각에 잠겨 있어 예의범절이나 그 밖의 사소한 일들은 무시해버렸다.

종업원이 커피 석 잔을 쟁반에 받쳐 들고 와서 탁자 위에 놓으려고 남자들 어깨 사이로 팔을 뻗으며 습관처럼 말했다.

"자, 커피 왔습니다!"

그러자 남자들 중 한 명이 받아쳤다.

"틀렸어! '커피 가져왔습니다'라고 해야 하잖아."

"아니야. 그냥 '커피가 왔다'고 해도 돼!"

"제기, 이 나라 말은 영 글러먹었다고 내가 진작에 말했지!"

"커피부터 받으세요. 안 그러면 선 채로 뿌리 내리겠어요!" 종업원이 다그쳤다.

나는 탁자 하나가 비는 걸 보고 친구에게 일어나라는 신호를 보냈다. 그런데 우리가 몸을 일으키는 순간, 그때까지 우리를 곁눈으로 훔쳐보던 사내의 시선이 함께 따라오는 게 느껴졌다. 우리 탁자에 자리를 잡은 세 남자는 더한층 격렬한 토론으로 넘어간 것 같았다. 그중 한 명이 주먹으로 탁자를 내리치기까지 했으니 말이다. 다행히 우리가 자리를 옮기고 난 뒤였으니 망정이지, 무슨 일이 일어났을지도 모르는 상황이었다. 어쩌면 소동이 벌어질 수도 있었다. 우리 탁자에 세 명의 대머리가 허락도 없이 불쑥 앉더니 어법 논쟁을 벌이다가 급기야 탁자를 주먹으로 치기까지 했으니, 친구도 나도 참고 있을 수만은 없었을 테니 말이다. 친구나 내 편에서 먼저 싸움을 건 적은 한 번도 없었지만 일단 싸움판이 벌어지면 두 사람 모두 끝장을 보곤 했다. 더이상은 생각하고 싶지 않은, 그 숙모, 숙부 들과 맞붙었던 운명의 그날 역시 마찬가지였다.

우리는 한참 동안 말없이 앉아 있었다. 그러다 내가 친구에게 불쑥 물었다.

"우리가 찾고 있는 걸 정말 찾을 수 있을 거라고 생각해?"

"그걸 말이라고 해!"

우리가 주문해놓은 럼주의 마지막 잔을 비우려는 순간 친구가 꿈꾸는 듯한 목소리로 말했다.

"아, 어떤 언어학적 사료를 찾을 수만 있다면 S. C. 교수가 쓴 분사(分詞)의 변천에 대한 논문을 휴지 조각으로 만들어버릴 수 있을 텐데! 코란이나 교리서의 한 부분, 뭐 그런 거 있잖아."

내 입에서 아! 하고 고통스러운 신음 소리가 새어나왔다. 그 순간 S. C. 교수의 시험에서 친구와 내가 함께 낙제한 사실이 떠올랐기 때문이다. 그 교수에 대해 우리가 갑작스럽게 혐오감을 느끼게 된 것도 그런 이유에서였다.

"그러면 정말 통쾌할 거야!" 친구가 말했다. 물론 알바니아어에 대한 관심에 앞서 사사로운 감정을 내세워 에고이스트임을 자처해서는 안 되었지만 말이다.

"누가 알아? 이번에야말로 우리한테 운이 따를지……" 내가 거들었다.

우리가 벌써 네번째 술잔을 가볍게 비우고 있을 때 친구가 한 가지 생각을 떠올렸다.

"대전(大戰)을 주제로 한 차유피의 텍스트에 혹시 계급투쟁에 대한 내용이 들어 있다면……?"

"우아아! 그거 괜찮겠네!" 내가 탄성을 터뜨렸다.

"그거면 정말 최고겠지." 친구가 한술 더 떴다.

"한데 내 생각은 달라. 혹시 제국주의 전쟁이 내란으로 바뀌는 데 대한 암시는 없을까?"

"말도 안 돼." 친구가 잘라 말했다.

"왜 말이 안 돼?"

"그건 바로 레닌의 논문이니까. 어떻게 유피(이건 우리 사이에서 통하는 차유피의 애칭이었다)가 이반 일리히보다 먼저 그런 생각을 해낼 수 있단 말이야?"

"불가능한 일은 없어." 신비주의자의 어조를 띤 목소리로 내가 말했다. "우주가 어떻게 형성되었는지 누가 상상할 수 있겠어?"

"그렇게 되면 유피는 반왕정주의 성향의 민주 혁명 시인이라는 정의에서 벗어나 필연코 다른 범주로 들어가게 되겠지." 친구가 단정적으로 말했다.

한참 동안 우리는 그에게 적합한 새로운 위상을 찾는 데에 골몰했다.

"반제국주의 및 반이동적 성향의 혁명적 민주 시인." 친구가 내놓은 제안이었다.

"아니야! 민족적 혁명 시인이자, 대치분자들간 투쟁의 시작을 유포한 도부상이야." 이건 나의 생각이었다.

"틀렸어!" 친구가 반박했다. 그사이 우리는 또 한 잔의 술을 목구멍으로 넘겼다.

"반오스만 경향의 르네상스 부르주아."

우리는 술을 또 한 잔 삼켰다.

"반유대주의자!" 친구가 내뱉었다.

"반축제주의자!" 내가 맞받았다.

7

종업원이 와서 우리의 어깨를 톡톡 쳤다. 손님들이 거의 가고 없는 술집은 이제 문 닫을 준비를 하고 있었다. 우리는 비틀거리며 호텔로 향하는 순간까지도 중얼대고 있었다.

"반염증성…… 반입헌주의적……"

이튿날 아침에는 두 사람 다 일찌감치 눈을 떴다. 취하도록 술을 마신 다음날에는 이상하게도 새벽에 눈이 떠졌다. 옷을 입고 밖으로 나서는데, 때마침 N시에 있는 두 공장의 사이렌이 울렸다. 내게도, 친구에게도 사이렌 소리와 공장과 기관차로 가득한 근면한 삶은 마음에 꼭 드는 것이었다. 하지만 우리의 발길은 마치 마귀한테 홀리기라도 한 듯 어김없이 술집으로 향하곤 했다. 아침에는 카페를 터키풍 취향이라 비웃었지만 오후가 되면 머릿속에서 다른 원칙들이 뚜렷이 떠오르면서 먼젓번 원칙들이 희미해지는가 싶다가 급기야는 한 잔의 코냑 앞에서 완전히 사라져버리고 말았다.

티라너에서도 우리는 흥미로운 삶을 여러 차례 시도했었다. 특히 더이상 생각하고 싶지 않은 그날, 우리가 여자들을 머릿속에서 지워버린 그날 이후로 말이다. 그러나 그때에도 우리의 발길은 매번 술집으로 향했다.

"이게 우리 운명이야." 결국 친구도 체념한 모습으로 결론지었으며, 그후로 우리는 위대한 삶을 시작해야 한다는 조바심에서 한동안 벗어날 수 있었다. 그렇다고 스스로를 낙오자로 여긴 것은 아니었다.

마지막 시도는 11월 후반으로 접어들기 직전에 있었다. 기억하건대, 그 당시 우리는 쿨한 젊은 남녀들의 동아리를 알게 되었다. 이제야말로 술집을 완전히 떠날 수 있겠거니 생각하며 우리는 기뻐했다. 그러던 어느 날 그들 가운데 한 명의 집에 초대를 받아 씩씩하게 그리로 향했다. 그곳에는 동아리 멤버들이 전부 와 있었고, 우리는 그들 한 명 한 명을 모두 소개받았다. 그러면서 우리가 삶에서 지워버린 술집의 담배 연기를 경멸 어린 심정으로 다시 떠올렸다. 그런데 그 동아리의 자부심이 어디서 유래하는지 이해하는 데에는 시간이 걸리지 않았다. 그건 다름아닌 재즈와 감상적인 곡들이 녹음된 녹음기였다. 친구와 나는 재즈 음악을 아주 높이 평가했다. 술과 심리 분석만큼 유행곡에 강했던 건 아니었지만 말이다. 그러나 감상적인 곡들은 정말이지 혐오스러웠다! 꼭 감상적인 곡들만 그랬던 건 아니었는지도 모른다. 싫어하는 음악일지라도 잠시 동안은 견디게 마련이니까. 동아리에 여자들이 끼어 있어서도 아니었다. 우리가 여자를 삶에서 제외시키기로 한 건 분명하지만, 그렇다고 융통성을 전혀 발휘할 수 없다는 말은 아니었다. 친구나 나 자신에 관한 한, 원칙의 문제가 행동의 욕구를 앞질렀던 적은 한 번도 없었으니까. 그렇다. 혐오감의 출발점은 그들이 나누는 대화였다. 우리는 처음에 대화 내용을 하나도 이해하지 못했으며, 그들이 아는 어떤 사람들에 대한 이야기라고 생각했다. 그들은 그 사람들을 스스럼없이 이름으로 불렀다.

"한데 이브가 시몬보다 나은 게 뭐야?"[*] 한 여자가 물었다.

"그건 아무도 모르는 일이지." 남자가 대답했다. 아서를 두고도 그들은 같은 말을 했다.

---

[*] 프랑스 가수 이브 몽탕과 배우 시몬 시뇨레.

"하긴 아서라면 그런 일을 당해도 싸. 마릴린이 잘한 거야. 그 구질구질한 낯짝을 좀 보라니까."*

그들이 한참이나 이런 식의 대화를 나누고 난 뒤에야 친구와 나는 사태를 파악할 수 있었다. 코니 프란시스**라는 이름이 언급된 순간 비로소 우리는 정신을 차렸으며, 곧 이들한테 정나미가 떨어졌다. 친구와 나는 흉내꾼과 속물을 늘 혐오했다.

"너희는 멋진 삶을 살고 있다고 믿을지 모르지만, 실은 옹졸하기 짝이 없는 생활을 하는 거야. 소부르주아의 삶 자체지!" 우리들 사이에 말다툼이 벌어지자 친구가 이렇게 쏘아붙였다.

나도 한마디 거들었다.

"너희들 삶은 너희 바짓가랑이보다 더 비좁거든."

"그렇다면 여기서 꺼져버리면 되잖아, 꼬장꼬장한 놈들!" 그들 편에서 소리쳤다.

"어릿광대! 속물!" 친구가 맞받았다.

새로운 싸움이 시작되려는 조짐이 보였다. 우리는 끝까지 맞붙을 준비가 되어 있었는데도, 겁쟁이들이 분명한 저쪽에서 우리한테 기회를 주지 않았다. 우리가 밖으로 나오고 나서야 가장

---

* 미국 극작가 아서 밀러와 마릴린 먼로.
** 이탈리아계 미국인으로 1950~60년대에 선풍적인 인기를 얻었던 최고의 여성 팝가수.

대담해 보이는 한 녀석이 층계 꼭대기에서 소리쳤다.

"멍청한 자식들! 술고래!"

"무식쟁이! 호모!" 친구가 고함을 쳐댔다. 쿨한 동아리와 함께한 우리의 목가적 연애는 이런 욕설이 오가는 와중에 막을 내렸으며, 결국 우리는 술집으로 되돌아오고 말았다.

그렇게 해서 그날 우리가 N시의 거리로 나왔을 때에는 다시 기관차로 가득한 삶을 그리워하게 되었다. 하지만 하얗게 내린 눈이 어찌나 깨끗하고 아름답던지 나머지 일은 잊고 말았다. 우리는 아침 내내 산책을 하면서 N시의 건축 양식에 대해 다양한 의견을 교환했으며, 그 점과 관련해 두세 가지 추측을 해보기도 했다. 그러나 오후로 접어들자 그것에도 싫증이 나서, 우리의 탐색 작업을 다시 시작하기로 했다.

8

친구와 교회지기 요르고, 나, 이렇게 세 사람은 빈 관 위에 앉아 만일의 경우를 대비해 가져온 라키를 마셨다.

"내가 스쿠라이 가문의 타치를 어떻게 체포했는지 자네들은 모르지?" 교회지기 요르고가 입을 열었다.

"네, 몰라요."

"그럼 그 이야기를 들려주겠네."

"하지만 짧게 해주세요. 시간이 별로 없으니까요." 친구가 부탁했다. "헤밍웨이 식으로 간결하게."

"내 말이 거짓말이면 눈이 멀어도 좋아!"* 교회지기 요르고는 이렇게 맹세한 뒤 한마디 한마디 한껏 여유를 부리며 이야기를 시작했다.

"이제부터 내가 하는 말을 잘 들어보게, 젊은이들. 정말이지 칠흑처럼 어두운 밤이었어. 게다가 밖에는 한 발짝도 못 나갈 만큼 눈이 내렸고, 묘지 역시 고요하기 그지없었어. 만물이 정지한 것 같았지. 내가 한숨 돌리려고 묘지 밖으로 나왔는데, 그 순간 묘들이 있는 쪽에서 반짝, 하고 빛이 나는 거야. 나는 성호를 세 번 긋고 다시 망을 보러 갔지. 하지만 무섭다는 생각은 전혀 들지 않았어. 그런 일에는 이골이 나 있었으니까. 죽은 이들은 고약한 어릿광대들이라서―그들 영혼에 평화가 있기를!―가만히 있으면 엉덩이에 좀이 쑤시거든…… 아, 또 불경한 말이 나오는군! 한데 내가 무슨 말을 하고 있었더라? 아, 그래, 불빛이 다시 보였어. 에프티치 노파와 매장된 지 이틀도 안 된 키초 라

---

* '거짓말하다'라는 의미의 알바니아어 gënjej는 Hemingway와 각운을 이룬다.

파 사이에서 빛이 흔들렸지. 그래서 내가 소리쳤어. 키초 라파, 자네는 평생 식초 장사를 하면서 말썽을 피우더니, 지금도 조용히 있을 수 없단 말인가? 에프티치 노파는 이런 더러운 일엔 가담 않네. 이렇게 말하고 나는 다시 성호를 그었어. 그래도 불빛은 사라지지 않고 더한층 밝게 솟아올랐지. 그래서 혼자 생각했어. '용감한 요르고, 네가 시신들과 함께 잠을 잔 지도 어언 40년이야. 하지만 한 번도 겁을 먹거나 하지 않았잖아. 키초 라파가 주께서 원하시는 대로 누워 있으려 하지 않는 걸 보면 이유가 있는 거야. 자, 그러면 그가 어떤 근심에 사로잡혀 있는지 네 눈으로 직접 확인해봐야지.' 놀라운 일이지만 죽은 자들 역시 거드름을 피우거든. 자기 묘가 마음에 들지 않거나, 혹은 옆에 누운 자가 괴롭힐 때, 또 뭐가 있더라? 아무튼 난 그렇게 다짐하고 십자가 뒤로 몸을 숨겨가면서 묘지 사이로 나아갔지. 그렇게 가까이 가보니, 맙소사, 키초 라파의 묘가 아가리를 쩍 벌리고 있는 거야. 촛불 하나가 그 어이없는 광경을 비추고 있었지. 구덩이 밑에서 누군가가 키초 라파의 목을 움켜쥔 채 조르려 하고 있었어. 흠, 이자가 또 못된 짓을 시작하려는군, 하고 나는 생각했지. 키초 라파는 몸이 채 식기도 전에 또 다른 죽은 자들을 못살게 굴려는 거였어. 묘지를 난장판으로 만들겠다는 속셈이었지! 그것도 티라너 주교단의 총검열이 이루어지게 될 순간을 택해서. 나로 말하자면 그때까지 늘 좋은 점수를 땄고 교회 벽보*에까지 실렸던 몸인데 말일세. 어디 보자, 가만두어선 안 돼, 저 둘을 떼어놓아야 해, 하고 난 생각했어. 그래서 큰 소리로 그들을 향해 '여보게, 거 뭐 하는 건가? 조용히 못 하겠나?' 하고 외쳤어."

"그래서 어떻게 됐는지 간략히 말해주세요." 친구가 끼어들었다. "괜히 겁먹게 하지 말고요."

"반지였어!" 교회지기 요르고가 말을 이었다. "문제는 키초라파의 반지였어. 타치가 그걸 슬쩍하려 했던 거야."

"아, 재미난 얘기네요! 자, 잔을 비우세요. 요르고 아저씨!" 내가 말했다.

교회지기와 잠시 더 이야기를 나누고 나서야 우리는 그가 교회 문을 열도록 설득할 수 있었다. 문이 열리자마자 우리는 미친 사람처럼 중앙 홀로 달려가 촛대를 넘어뜨리고, 제단을 어지럽히고, 벽에 붙은 성상을 떼어내고, 교리문답서와 미사용 복음서를 비롯해 손에 잡히는 것은 모두 마구잡이로 내던졌다. 교회지기 요르고가 욕설을 퍼부어도 아랑곳하지 않은 채 교회 안을 엉망으로 만들어놓았다. 오래된 N교회의 벽들이 아틸라** 이후로

---

* '대자보'를 본딴 것으로, 중국의 영향을 받아 당시에 알바니아에서 널리 유행하던 풍습.

그런 끔찍한 공략을 받기는 처음이었을 것이다. 그런데 친구와 내가 대단한 에너지를 폭발시켰음에도 그 빌어먹을 차디찬 교회 안에서 무엇 하나 건질 수 없다는 것 역시 우리가 미처 상상하지 못한 일이었다.

"뭐 찾아낸 거 있어?" 친구가 제단 쪽에서 소리쳤다.

"아니." 내가 제의실에서 대답했다.

우리 목소리가 둥근 천장 밑에서 뒤섞이며 신비롭게 울려 퍼졌다.

"경찰을 부를 테다!" 교회지기 요르고가 고래고래 소리를 질렀다. "더러운 놈들! 적그리스도! 종을 쳐서 이 도시 사람들을 전부 불러 모을 테다!"

우리는 대꾸도 하지 않고 계속 약탈에 몰두하다가 이윽고 기진맥진해 나가떨어질 즈음에야 교회를 떠나기로 마음먹었다.

밖에는 어둠이 내려 있었다. 낙심하여 눈 위를 걸어가는데, 곧 N시의 두 공장에서 울리는 사이렌 소리가 들렸다. 야간반의 교대 근무를 알리는 사이렌이 분명했다. 우리는 아무 말 없이 걷기만 했다. 우리 두 사람 다, 운명이 데려가는 곳은 결국 술집이라는 사실을 짐작하면서.

** Attila(406?~453), 훈족의 왕. 5세기 전반의 민족대이동 시기에 지금의 동유럽 지역에 대제국을 건설하였다.

"종교를 당장 금지시켜야 돼. 교회 문을 닫게 해야 한다고!" 친구가 단호히 말했다.

"강제로 그렇게 할 순 없어." 이렇게 말하며 나는 주지의 사실을 상기시켰다. "헌법에서 금하고 있으니까."

"그렇다면 협동조합이나 그 비슷한 걸 만들어야 해. 가만히 있어선 안 된다고." 친구가 되받았다.

"내일은 회교 사원에 가보자." 내가 제안했다. 교회에 대한 증오심이 견딜 수 없이 끓어올랐기 때문이다.

그러고 나서 우리는 입을 다물고 각자 우리의 운명에 대해 조용히 생각해보기 시작했다. 눈 내리는 그 1월의 첫 두 주, 우리의 하루하루가 신비스러운 날들로 변해가고 있음을.

"우리, 극장에 가자." 내가 불쑥 말했다.

"좋은 생각이야. 반종교 영화가 있다면 말이야." 친구가 대답했다.

'알바니아 인민공화국 인민군 창설 10주년'이라는 이름의 영화관 앞에 몇 안 되는 사람들이 입장권을 사기 위해 줄을 서 있었다. 총천연색 몽골 영화 제2부가 상영되고 있었다. 그런데 매표소 근방에 술집에서 우리를 훔쳐보던 남자가 보였다. 우리와 눈길이 마주치는 순간 남자가 고개를 돌려버렸다.

"어이, 동무들, 영화에 주먹질 장면이 나오나?" 두 조무래기가 우리에게 물었다.

"모르겠는데."

"키스 한 번 안 나와!" 한 청년이 우리 앞을 서둘러 지나가며 내뱉었다.

우리는 입장권 두 장을 받아 들고 극장 입구로 갔다. 그런데 수위인 미초 출리가 어떤 남자와 말다툼을 하고 있어서 좀 기다려야 했다.

"그걸 나한테 가르치려 들려는 거야? 영화에 평생을 바친 나한테 말이야?" 미초 출리가 고함을 쳤다. "난 말이지, 하느님이 몸소 나타나셔도 입장권 없인 들여보내지 않아!"

친구와 나는 꿈을 꾸는 듯한 표정으로 극장 안으로 들어가 좌석에 앉았다.

두세 명의 남자가 우리를 흘깃거리며 소곤댔다. 그다음엔 우리를 훔쳐보던 사내가 지나갔다.

"빨리 시작하잖고 뭘 기다리는 거야, 셰리프?" 목소리 하나가 외쳤다.

발코니 쪽에서 소란이 일더니, 수위가 한 관객의 목덜미를 잡아 쫓아냈다. 그 뒤 갑자기 홀 안의 불이 모두 꺼지면서 총천연색 영화가 시작되었다. 늦게 온 관객이 문을 두드리며 미초 출리와 삼대에 걸친 그의 가족에게 저주를 퍼부었다. 미초의 일가

친척을 어쩌면 그리도 속속들이 잘 아는지, 또 그의 가계를 언급하며 어쩌면 그렇게 단 한 번도 혼동하지 않을 수 있는지 놀라웠다.

10분도 채 안 되어 홀 안에 다시 불이 들어오고 영화 상영이 중단되었다. 여기저기서 휘파람 소리가 들렸다. 친구와 나는 영문을 알 수 없었다. 불은 다시 꺼졌는데, 영화가 처음부터 다시 시작되자 휘파람 소리가 더 높아졌다. 휘파람이라면 친구와 나도 뒤지지 않았다. 우리의 휘파람 소리는 옆에 앉은 사람들의 감탄을 자아냈다.

"눈이나 멀어버려라. 한심한 셰리프 놈!" 누군가가 소리쳤다.

되풀이해서 상영된 부분이 지나고 나서야 휘파람 소리가 멈추었다.

나중에 들은 바로는 N시의 자동차 회사 사장 부부가 늦게 도착하는 바람에 셰리프가 영사기를 처음부터 다시 돌려야 했다는 것이었다.

어린아이 하나가 칭얼대기 시작했다.

"조용히 하지 못해? 스푸트니크 호*나 머리 위로 떨어져라!" 미초 출리가 쏘아붙였다.

---

* 소비에트 연방이 세계 최초로 쏘아 올린 인공위성.

우리 앞좌석의 남자는 곁에 앉은 사람에게 "지금은 무슨 일이 벌어지고 있는 거지?" 하며 줄곧 물어댔다. 그러면 남자의 친구는 이런저런 설명을 들려주었다.

내 친구가 그에게 두 차례나 주의를 주었다. 세번째에 이르자 따귀라도 한 대 갈길 생각이었는데 때마침 다시 불이 들어왔다. N시 사람들이 '막간'이라 부르는 중간 휴식 시간이었다. 사람들은 모두 복도로 나가 영화에 대한 평을 늘어놓았다. 친구와 나 역시 복도로 나가 담배를 한 대 피워 물었다.

"당장 자리로 돌아가요. 안 그러면 퇴장시킵니다!" 셰리프가 잠시 뒤에 외쳐댔다.

"왜 저렇게 막돼먹게 굴지?" 누군가가 투덜댔다.

홀 안으로 다시 들어가려는데 친구의 숙부가 젊은 아내와 함께 있는 모습이 보였다. 두 사람은 우리 앞쪽으로 가서 앉았다. 숙부의 아내가 지나가면서 깜짝 놀란 듯한 눈길을 내게 슬쩍 던졌다. 그 순간 나는 갑자기 우울해지면서 친구 숙부의 웅장한 저택이 아련히 떠올랐다. 높다란 벽난로 안에서 바람이 윙윙대는 동안 황량한 이웃집 정원 위를 빙빙 맴돌던 까마귀들의 모습이 눈에 선했다.

영화가 끝났는데도 누구 하나 움직일 생각을 하지 않자 친구와 나는 어리둥절했다.

"무슨 일이죠?" 우리가 물었지만 아무도 대답해주지 않았다. 그때 홀 안이 다시 어두워지더니 다큐멘터리가 상영되기 시작했다. 셰리프가 자기 기분에 따라 영화가 시작되기 전이나 끝난 다음에 다큐멘터리를 보여주는 게 관례인 것 같았다.

우리는 침울한 마음으로 극장을 나왔으며, 그날 밤은 오랫동안 잠을 청할 수 없었다.

9

우리의 삶이 앞으로 어떻게 전개될지, 또 그 당시의 사건이 어떤 미래를 잉태하고 있었는지 누가 예측할 수 있었겠는가? 바깥에 싸락눈이 하얗게 흩날리던 12월의 그날, 우리가 나른한 표정으로 꾸벅거리며 수업을 듣고 있었을 때, 누가 분명히 알 수 있었겠는가 말이다. 처음엔 어렴풋한 형태를 갖추기 시작한 것이 최종적인 양상으로 발전되어, 결국 티라너에서 수백 킬로미터 떨어진 N이라는 외진 도시의 한 술집에서 우리가 제의 장소와 알바니아 국민의 문화유산을 약탈하고 다닌 자들로 고발당하게 될 거라고 누가 상상이나 했겠는가? 차라리 거침없는 한판 싸움으로 그런 일이 일어났다면 그렇게까지 상처를 입지는 않았을 것이다. 우리 편에서 일부러 싸움을 건 적은 한 번도 없었고, 설령 그런 싸움이 일어난다 해도 끝까지 가지 못했겠지만 말이다. 또 그런 쌈(Dr. 혹은 CEO라는 약자처럼 우리는 '싸움질'을 이런 식으로 썼다)이 직접적인 소인이 되어 고발당하거나, 심지어 억울하게 고발당한다 해도 우리는 전혀 상처받지 않았을 것이다. 그런데 무엇보다 견딜 수 없었던 것은 전혀 예기치 못한 순간에 그런 일이 우리를 덮쳤다는 사실이다. 우리가 아무 흥미도 없는 운율법 문제를 두고 고민하던 전혀 뜻밖의 상황에서 벌어진 일이었다.

친구와 나는 N시에 라지 카푸르*나 로로 보리츠** 같은 유명 인사들이 산다는 건 알고 있었지만, 그렇게 유명한 시인들이 살고 있으리라고는 상상도 하지 못했다. 아무튼 우리가 회교 사원에서 네짐 베라티***의 긴 의자라도 좋으니 뭐든 찾아내겠다는 헛된 소망을 품은 후로 곧장 호텔로 돌아가 그 맹목적인 하루하루를 담배나 피우면서 대충 흘려보냈다면 그 모든 일은 일어나지 않았을 것이며, N시의 빌어먹을 시인들과 엮이지도 않았을 것이다. 그러나 우리는 호텔로 가지 않았다. 정신의 앙양을 위한

---

* 1950~60년대에 활약한 인도의 명배우.
** 유명한 알바니아 축구선수.
*** 18세기에 동양 문화에서 영감을 받아 시를 썼던 알바니아 시인.

모든 노력에도 불구하고 결국 우리의 운명, 즉 술집이라는 운명의 장소를 피해갈 수는 없었다. 우리는 오이디푸스 왕처럼 숙명론자가 되었으며, 눈앞에는 우리가 일찍이 참조한 바 있는 코란의 아랍 문자들이 무수히 아른거렸다.

술집에는 전에 없던 활기가 넘쳐나고 있었다. 우리는 구석에 놓인 탁자에 간신히 자리를 잡고 더블 코냑을 두 잔 시켰다. 코냑의 맛이 무척 자극적이었지만 그래도 두 잔을 더 시켰다. 술집 안이 어느 때보다 담배 연기로 자욱했다. 연기는 마치 손님들과 섞이고 싶지 않다는 듯 공중을 떠다녔다.

그 술집에 드나드는 사람들은 이제 거의 눈에 익은 상태였다. 성채에 대해 논하던, 생각에 잠긴 듯한 모습의 남자들도 와 있었다. '아, 핵에너지라니, 좋은 생각이야. 그렇긴 해도……' 이렇게 그들은 같은 생각을 되씹고 있는 것 같았다. 탁자 사이로 화난 표정의 세 남자가 지나가는가 싶더니 곧 그들이 외치는 소리가 들려왔다. "커피가 오는 게 아니고, 커피를 가져왔다고 하는 거야!" 저편에선 우리를 훔쳐보던 사내가 내게 흘끔 곁눈질을 했다.

그런데 단골손님 축에 끼지 않는 사람들이 잇달아 들어왔다. 그들은 모두 홀의 맨 안쪽에 놓인 두 개의 탁자 주위로 모여들었다. 우리는 좀더 자세히 보려고 자리에서 몸을 일으켰다. 그 탁자에는 N시의 시인들이 와 있었으며, 사람들이 그들을 에워싼 상태였다. N시에선 시가 대단한 붐을 일으키는가보군 하고 나는 생각했다. 그들 중에는 최근에 우리가 우연히 알게 된 체세 하이다리*(원래 이름은 차니 소마 하이다리로서, Q. Th. 하이다리라고 불렸다)와 라메 세니차**라는 시인도 끼어 있었다. 두 시인은 상반되는 두 가지 문학 조류를 구현한다고 누군가에게 들은 적이 있었다. 민담에서 영감을 얻곤 했던 체세는 노동자 지역 연맹의 두 차례 회의 결과와 당 위원회 회람을 시로 옮겨놓은 바 있었으며, 여성 일반의 중요성에 대한 시를 쓰기도 했다. 그런가 하면 보다 명상적인 시인처럼 보이는 라메 세니차는 쉽사리 접근할 수 없는 시들을 썼다.

아무튼 우리는 술집에서 벌어지고 있는 야단법석의 이유를 알 수 없었다. 체세의 양손에는 일간지 「연맹」이 들려 있었고, 라메는 깊은 생각에 잠긴 듯싶었다.

"무슨 일인가요?" 나는 옆에 앉은 남자에게 물었다.

"무슨 일이냐고? 자네, 취해서 눈에 보이는 게 없나?"

---

* 사회주의적 사실주의와 포르노그래피의 묘한 결합을 추구함으로써 일탈을 시도한 시인인 키초 스피리(Kiço Th. Spiri)가 그 모델이다. 당시에 매우 유명했던 시인이지만 작품은 단 한 편도 출판되지 않았다.
** 매우 난해한 시를 쓴 시인으로서, 그의 작품 역시 한 편도 출판되지 않았다.

"진정해요! 진정해!" 친구가 끼어들었고, 우리는 다른 남자에게 물었다.

"그걸 몰라서 묻나? 여기 사람이 아닌가?" 남자가 쏘아붙였다.

"네, 여기 사람이 아니에요."

"아, 그렇다면 백 번이라도 사죄하지. 저 두 사람 보이나?"

"보여요."

"저들은 작가야. 이제부터 시합을 벌일 참이지. 체세는 「연맹」지를 두 시간 반 이내에 시로 각색하겠다고 장담했어. 소위 말하는 예술적 완성미의 극치가 될 거야."

"자, 시작해, 체세! 그만 좀 애태우고!" 사기꾼 엑시츠가 다그쳤다.

"쉿!" 한 목소리가 외쳤다.

"사회적 참상을 묘사하면서 식객 노릇을 하는군!" 친구가 투덜댔다.

체세가 탁자 위로 올라섰다. 담배 연기 사이로 그의 얼굴이 흐릿하게 보였다. 그는 신문을 펴들고 4면부터 각색을 시작했다.

울란바토르에서
화요일 14시에
공동위원회가

개최되었다……

체세는 잠시 사이를 둔 다음 엄숙한 표정으로 크게 숨을 들이마셨다.

저곳에서 열렸다
푸른 총회가……

"아, 치사한 녀석, 그래도 재능은 있어!" 엑시츠가 한숨을 지었다.

"헛소리야!" 친구가 느닷없이 외쳤다. 우리 둘 다 운율법을 장기로 내세울 만한 처지는 못 되었는데 말이다.

그러고 보면 우리를 그 술집으로 이끈 것도, 친구로 하여금 "헛소리야!" 하고 소리치게 만든 것도 모두 마귀의 소행임이 분명했다.

"왜 이게 헛소리지?" 체세 하이다리가 물었다.

"헛소리예요." 친구가 또 한 번 못을 박았다. "푸른 총회라니, 대체 무슨 의미죠?"

"직업상의 비밀이야!" 체세가 거만하게 맞받았다.

"웃기지 마요. 그건 뚜쟁이 짓에 불과해요!" 친구가 쏘아붙였다. 그러자 차니 소마 하이다리는 얼굴이 벌게져서 조금 전처럼 엄숙한 표정으로 숨을 들이마셨다.

그 순간 나는 하이다리의 입에서 어떤 말이 튀어나오든 들을 각오가 되어 있었다. 그런데 정작 그의 입에서는 전혀 예기치 못한 말이 흘러나왔다.

"난 교회와 알바니아 국민의 문화유산을 약탈한 자들과는 말하고 싶지 않아."

그가 이 말을 채 마치기도 전에 나는 그에게 달려들었다. 그렇게 해서 차니 소마 하이다리의 시를 통해 영원한 지역적 화합이 이루어지는 것을 막을 수도 있었을 것이다. 사기꾼 엑시츠가 억센 손으로 나를 꽉 움켜잡지만 않았다면 말이다.

사람들이 우리를 밖으로 끌어냈다.

"자네가 쓰는 시 정도면 난 십오 분마다 한 편씩, 그것도 여기서 집행위원회에 이르는 길이만큼 쓰겠네!" 이렇게 맞서는 라메세니차의 목소리가 밖으로 나가는 우리의 귓전을 때렸다.

"그만 해! 말다툼은 그만 하고 처음부터 다시 시작하지!" 누군가가 명령조로 말했다.

우리는 너무도 화가 나서 제정신이 아니었다. 바깥에는 다시 눈이 내리기 시작했다. 술집 문 앞에서 두 술꾼이 실랑이를 벌이고 있었다. 한 명이 다른 한 명에게, 자기 주먹 한 방이면 상대방은 곧장 아제르바이잔으로 날아가버릴 거라고 장담했다. 그러자 상대방은 마지막으로 한잔 더 하든지 국립극장으로 가든지 양자택일을 하라고 권했다. 자리를 뜨려다 우리는 세번째 남자와 마주쳤다. 그 남자는 선동적인 눈초리로 우리를 노려보더니 수수께끼 같은 말을 중얼거렸다.

"20세기는 이스라엘의 세기다!"

그러나 우리는 당황스럽고 분한 마음을 미처 가누지 못한 상황이라 누군가의 말에 신경 쓸 겨를이 없었다. 술집 창문 너머로, 우리를 염탐하던 남자가 아직 그곳에 있는 모습이 보였다. 우리는 발밑에 쌓인 눈을 밟으며 호텔로 향했다.

10

살다보면 만사가 악화일로로 치닫는 경우도 있는 법이다. 미처 깨닫지 못한 사이에 우리는 한겨울 외진 소도시의 얼음처럼 싸늘한 호텔 방에 들어앉아 온종일 궐련을 피워대며 소용돌이치는 담배 연기 속에서 우리 자신이 느끼는 환멸감의 예술적 형상화를 읽으려 하고 있었다.

벌써 마흔여덟 시간째 친구와 나는 호텔 안에만 틀어박혀 있었다. 아직 분이 가라앉지 않은 데다, 우리가 찾던 것을 비롯해 N시와 관련된 모든 것을 지워버리기로 마음먹었기 때문이다. 마지막 남은 돈으로 우리는 티라너행 차표를 샀고, 이제 종일토록 매트리스 위에 누워 담배를 피워대며 우리 삶에서 일어난 다양한 사건들을 떠올리고 있었다. 어린 시절의 기억부터 알바니아 국민의 문화유산 및 교회의 약탈자로 공공연히 취급받게 된 현시점에 이르기까지의 여러 일화들을. 우리는 담배 연기가 천장으로 피어오르는 모습을 지켜보며 그렇게 누워 있었다. 누워 지내는 나날의 주기가 이미 시작되고 있음이 분명했다.

조석으로 N시의 두 공장에서 울리는 사이렌 소리가 들려왔다. 그것은 우리의 삶과는 전혀 무관한 것이었다. 이제 우리에게서 더욱 멀어져버린 삶, 기관차를 닮은 그 삶에 대한 향수를 불러일으키는 소리였다.

성에 낀 유리창 너머로 겨울바람에 흩날리는 눈송이를 보면서 우리는 언제까지고 그렇게 누워 있었다.

친구와 나는 어떤 결과를 끌어낼 목적으로 사건의 원인을 돌아보는 일은 절대로 하지 않았다. 우리의 삶이 지루한 총회와 흡사해지는 걸 원치 않았기 때문이다. 결국 N시에서의 마지막 밤은 그렇게 누워 말없이 담배를 피우면서 창밖에 내리는 눈송이를 바라보며 보내기로 했다.

바로 그런 모습으로 시간을 보내고 있는데, 누군가 방문을 두드렸다. 우리가 N시에 머무른 이후 처음 있는 일이었다.

"들어와요!" 우리가 말했다.

문이 빙그르 열리더니 놀랍게도 문지방에 친구의 숙부가 모습을 드러냈다. 숙부의 표정은 잔뜩 일그러져 있었으며, 헐렁한 외투에는 눈송이가 아직 붙어 있었다.

"앉으세요, 숙부님. 잘 오셨어요." 친구가 침대에서 일어나지도 않은 채, 우리가 던져둔 더러운 양말과 셔츠가 널브러져 있는 의자를 가리키며 말했다.

"아니다. 여기서 머뭇거리고 있을 생각 없다."

숙부는 이렇게 말한 뒤 담배꽁초가 여기저기 흩어져 있는 방바닥에 준엄한 시선을 던졌다. 숙부의 얼굴이 더한층 일그러졌다.

방 안에 팽팽한 긴장감이 감도는 것을 느끼면서 우리는 숙부가 입을 열기를 조용히 기다렸다.

"내가 오늘 여기까지 온 건 숙부로서 책임감을 느끼기 때문이다. 몇 가지 네가 알아야 할 것들을 말해주러 온 거야."

방문객은 친구에게 이렇게 말한 뒤 다시 생각을 정리하려는 듯 한참 동안 입을 다물었다.

"넌 낯선 사람을 데리고 우리 집을 찾아왔지. 우리 집에서 일어난 일에 대해선 언급하지 않겠다. 다만 다른 사람들 눈에 비친 우리 가족의 명예와 네 미래에 관련된 이야기만 하마. 그래, 네가 낯선 사람과 함께 우리 집 문을 두드린 순간부터 난 이미 너희의 방문에 어떤 미심쩍은 의도가 들어 있다는 걸 직감했지. 너희가 우리 집에 더이상 머무를 수 없게 된 사건이 있기까지 내 예감은 점점 확실해져만 갔다. 하지만 내가 생각했던 건 아무것도 아니었어. 너와 네 친구는 음흉한 계획을 세우고 이곳에 왔으니까."

"말조심하세요, 숙부님!" 친구가 항의했다.

"이건 이미 누구나 아는 사실이야. 이곳 사람들 전부가 알고 있고, 이 이야길 안 하는 사람이 없다. 한 번도 품위를 잃지 않고 살아온 우리 가문의 명성에 네가 먹칠을 한 거야."

"내가 어떤 가문에 먹칠을 했다는 거죠?" 친구가 다시 항의했다. "난 가문이라는 거 몰라요. 가문이라니, 대체 그 말이 무슨 뜻이죠?"

"그 말을 모를 순 없다." 숙부가 대답했다. "그것보다 더 분명한 건 없으니까! 결국 너희는 이렇게 되고 만 거야. 가문을 부인하다니! 하지만 네 아버지의 형제로서 이 말만은 꼭 해야겠으니 잘 듣거라."

친구의 숙부는 숨을 깊이 들이쉰 다음 아까보다 더 일그러진 얼굴로 말했다.

"너희가 어떤 분명한 목표를 정하고 이곳에 왔다는 건 이제 여기 사람 모두가 아는 일이다. 하지만 실제로 그 목적이 무엇인지는 아무도 모르지. 시립박물관을 약탈하기 위해서라는 이들도 있고, 유언이나 증서의 형식을 띤, 너희만 아는 아주 귀중한 문서를 훔치러 왔다고 말하는 이들도 있다. 아무튼 이곳 교회를 약탈함으로써 너희는 정체를 드러낸 셈이고, 우리 가문에 치욕을 안겨주었어."

"그건 그저 험담일 뿐이에요!" 친구가 개의치 않는다는 듯 뾰로통한 얼굴로 내뱉었다.

"그렇다면 하나 묻겠는데, 대체 이곳엔 무슨 목적으로 온 거냐?" 숙부가 비아냥거리는 투로 물었다.

"그건 우리 일이에요. 누구한테 해명할 문제가 아니라고요."

"아, 그건 너희 일이라고? 대낮에 성스러운 장소를 약탈한 걸 어떻게 해석해야 하지? 또 한밤중에 평범한 사람들의 집에 침입하려고 한 건 어떻게 설명할래?"

"한밤중에 사람들 집에 침입하다니요? 우린 그런 적 없어요." 친구가 침착하게 대답했다.

"그보다 더 나쁜 건……" 숙부가 과장 섞인 극적인 어조로 말을 이었다. "그 모든 일이 칠십이 시간 전에 시작되었다는 거다. 너희는 이곳 사람들에게 해로운 열정을 부추겨놓았어. 그래서 사람들이 꿈에서까지 유적의 잔해나 보물 따위를 보게 된 거고……"

"어떤 사람들이요?" 친구가 끼어들었다. "한줌의 식객들 말인가요…… 숙부님이나…… 술집의 손님들……"

"말조심하거라!" 숙부는 이렇게 소리치고는 더 천천히 말을 이었다. "그저께 밤에는 손전등을 든 두 그림자가 박물관 주위를 어슬렁거리는 게 발각되었고, 어젯밤엔 여기 사람 두 명이 자신들이 찾아낸 옛 수사본을 두고 칼부림을 벌이는 일이 있었다……"

"수사본이라고요?" 우리가 동시에 외쳤다. "그 사람들이 찾아냈어요? 그게 누구죠?"

"그래." 숙부가 대답했다. "그 모든 일이 너무나 이상하고 믿기지가 않아. 두 남자가 키초 라파의 장부 때문에 서로 힘겨루기를 하다니, 정말 믿을 수 없는 일이지! 그런데 그 모든 사건의 배후 조종자가 너희라고 말하는 사람들이 있다."

"우리요?"

"그래! 너와 네 친구, 내가 모르는 이 친구 말이다. 정직한 우리 동네에서 한밤중에 그 모든 소동이 벌어지게 된 건 바로 너희 두 사람 때문이야!" 숙부가 말했다.

"두 당사자가 받아들일 수 있는 좀더 적합한 용어를 사용하세요." 친구가 항의했다.

숙부는 아무 말도 않고 우리를 뚫어지게 바라보았다.

"그런데 상황이 더 나쁘다." 숙부가 말을 이었다. "오늘 어떤 사람이 — 그 이름을 밝히지는 않겠다만 — 날 따로 불러내더니, 자기가 250대 1로 매수하겠다더구나. 그 말로 미루어보건대 너희는 외화 불법 반입에까지 가담하고 있는 거야!"

"그 사람이 누구죠?" 친구가 물었다.

숙부가 그의 생김새를 우리에게 묘사했다.

"우리를 계속 염탐하던 그자야." 이것이 내가 1월의 그 밤에 호텔에서 처음이자 마지막으로 한 말이었다.

잠시 무거운 침묵이 흐르는가 싶더니 친구의 숙부가 다시 입을 열었다.

"이제 너희에게 마지막 소식을 전해주마." 숙부는 비통한 어조로 말했다. "이번 사건을 교회 신부가 티라너 경찰과 성무원에 통보했다고 하더구나. 너희 일도 여기서 마무리될 게 분명해."

이것이 호텔에서 친구의 숙부에게 들은 최후 통첩이었다. 숙부는 잠시 혼란스러운 기색으로 꼼짝 않고 그대로 있었다. 우리 역시 밖에서 불어대는 바람 소리와 호텔 안 깊숙한 곳에서 들려오는 삐걱거리는 문소리에 귀를 기울인 채 말없이 담배만 피워댔다. 이윽고 숙부는 한 마디 말도 없이 등을 돌리고 방을 나갔다. 호텔 복도를 따라 점점 멀어져가는 그의 발소리가 들려왔다.

11

 시계 종이 여섯시를 알릴 때 우리는 호텔을 떠났다. 때마침 두 공장의 사이렌이 울리고 있었다. 친구와 나는 손에 짐 가방을 든 채 높다란 담 사이로 좁은 골목길을 서둘러 걸어갔다. 낡은 담벼락이 순식간에 우리 두 사람의 머리 위로 쏟아져내릴 것 같았기 때문이다.

 이제 막 문을 연 술집을 지나려다 우리는 그 안으로 흘끔 시선을 던졌다. 커피잔 위로 몸을 숙인 눈에 익은 실루엣들을 흐릿하게나마 분간할 수 있었다. 순간 그 실루엣들에 대한 연민의 감정으로 마음이 흔들렸지만 우리는 버스 터미널을 향해 가던 발길을 재촉했다.

 친구와 나는 성큼성큼 걸으며 발소리를 유일한 동반자 삼아 그렇게 단둘이 N시를 떠났다.

 버스가 출발하고 어떤 식으로든 N시에 작별을 고해야 하는 순간이 닥치자 우리는 쾌활한 기분에 사로잡혔다. 마지막으로 교회의 종탑과 회교 사원의 첨탑이 안개 속에서 모습을 드러냈을 때 잠시 침울해졌을 뿐이다. 이들이 마치 노망난 두 지인처럼 손을 들어 나름대로 우리에게 작별을 고하는 듯싶었다.

　나와 친구는 오래된 N시를 향해 손을 흔들지도, 다른 작별의 몸짓을 취하지도 않았다. 우리는 눈앞에 뻗어 있는 겨울 차도에 조용히 시선을 고정시킨 채 일종의 안도감을 맛보고 있었다.

1962년

※옮긴이의 말

40년의 시차를 두고 쓴 세 편의 소설

　세 편의 짧은 소설로 이루어진 작품집 『광기의 풍토 *Un Climat de folie*』는 1962년, 1984년, 2004년이라는 작품의 발표(혹은 개작) 연도가 말해주듯이 이스마일 카다레의 다양한 문학적 면모를 담고 있다. 1936년 알바니아 태생의 소설가 카다레는 유머러스한 비극과 기괴한 웃음, 신화적 울림, 예리하고 적확한 심리묘사로 알려진 세계 문학의 거장으로서, 『광기의 풍토』에 실린 세 편의 소설에도 카다레 특유의 이런 문체와 특성이 고스란히 각인되어 있다. 그 첫번째 소설인 「광기의 풍토」가 어린 시절 작가가 체험한 가족사와 역사적 현실이 뚜렷이 투영된 소설이라면, 「거만한 여자 *La Morgue*」에서는 인간 심리에 대한 관찰과 묘사가 돋보인다. 그런가 하면 카다레가 26세에 발표한 젊은 시절의 방랑기인 「술의 나날 *Jours de beuverie*」은 작가의 또 다른 모습을 엿보게 해주는 흥미로운 소품이다.

 이 작품집의 표제작이기도 한 「광기의 풍토」는 한 가족 안에 고스란히 녹아 있는 시대의 비극과 인물들의 광기가 어린아이인 1인칭 화자의 눈을 통해 형상화된 소설이다. 작가가 고향인 쥐로카스트라에 바친 작품인 『돌에 새긴 연대기』 마지막 부분에 해당하는 이 소설은 도비라는 성을 가진 외가와 친가인 카다레 가문 사람들의 이야기이다. 소설의 중심에 있는 '나'의 외할아버지 바바조는 알바니아에 공산 정권이 들어서기 전인 구시대의 사람으로, 세상이 바뀐 뒤에도 집시들을 불러 바이올린 연주를 듣고 터키어로 된 책을 읽는다. 이처럼 과거에 사로잡혀 사는 바바조를 두고 '나'는 알바니아 국가의 창건자라 믿는 등 수많은 상상을 하는데, 실제로 바바조는 이 상상만큼이나 신비에 둘러싸인 복잡한 인물이다.

 소설의 첫머리 역시 공산당원임이 드러난 작은외삼촌의 자살 소동으로 시작되고 있듯이, 바바조의 딸들과 아들들을 비롯해 바바조를 둘러싼 사람들은 상반되는 성격과 신념, 이데올로기로 서로 팽팽히 맞선다. 이 모두에 대한 관찰자인 '나'는 새로운 사건이 벌어지거나 새로운 사실을 발견하게 될 때마다 단짝 친구인 일리르에게 털어놓거나 의논하는데, 이처럼 어린아이의 순진한 눈을 통해 주변의 사건들이 투명하게 묘사되면서 소설은 논리와 비논리가 결합된 독특한 분위기를 띠게 된다. 이윽고 공산당의 전면적인 대두와 바바조의 임종을 고비로 소설은 말미로 치닫게 되며, 마지막 부분에 이르면 가톨릭 신부인 바바조의 형이 모습을 드러냈다가 다시 신비의 베일 속으로 종적을 감춘다. 알바니아의 역사적 현실에 대한 이해가 병행될 때 더욱 감동적으로 읽힐 소설이다.

「거만한 여자」는 알레코 발라라는 못생긴 공산주의 소위가 구시대 관리의 아내인 노파 무하데즈의 딸과 결혼한 뒤 이데올로기가 지배하는 시대에 맞서 아슬아슬한 곡예를 벌이는, 비극적이면서도 유머러스한 이야기이다.

알레코는 결혼과 동시에 군대에서 파면당하고 장작 저장소의 책임자로 지내면서 안정된 생활을 꿈꾼다. 그러나 남의 눈에 띄지 말기, 성공적인 직장 생활과 사람들의 환심 사기 등의 생활 방침을 갖고 평범한 삶을 바라는 그에게 예기치 못한 시련들이 닥친다. 그는 권모술수를 동원해 그 시련들을 극복하거나 역기습을 당하기도 하는데, 그러는 와중에 장모 무하데즈가 최종적인 장애물로 그와 맞서게 된다. 그는 장모에게 이유 모를 미움을 사서 장모와 가혹한 충돌을 하기에 이르며, 그 관계가 어떤 파국으로 치달을지 모르는 순간이 닥친다. 그러나 소설은 결말에 이르러 예기치 못한 뒤집기를 시도하여, 거만한 여자 무하데즈가 지닌 가족에 대한 관념이 어떻게 사위에 대한 미움의 감정을 압도하는지를 경쾌하게 보여준다. 사위도 가족이니 그 큰 증오심도 가족이라는 현실 앞에서는 꺾일 수밖에 없다는 것. '몰락한 가문'과 '새로운 체제의 옹호자'라는 두 적대적 계급간의 결혼을 소재로 공산주의 사회의 잘 알려지지 않은 한 단면을 다룬 이 인물의 연대기를 읽노라면, 소시민적인 유머와 애환이 교차하는 고리키의 단편을 읽는 듯한 느낌을 받게 된다. 인간 심리에 대한 묘사가 탁월한 러시아 사실주의 소설의 뉘앙스를 전해주는 작품이다.

이 책에 실린 세번째 소설 「술의 나날」은 '나'와 단짝 친구가 한 시인의 소실된 작품을 찾아 N이라는 도시로 여행을 떠나기로 하는 데서 시작된다. 두 사람은 N시에 사는 친구 숙부의 집에 체류하지만 변덕스러운 행동으로 그 집에서 쫓겨나 호텔에 머무르게 되고 애초의 의도와는 달리 술집이나 영화관을 전전하면서 시간을 보낸다. 바깥에서는 줄곧 비가 내리고 급기야 여행의 목적마저 희미해져갈 때, 두 사람은 어이없게도 교회의 약탈자라는 오명을 쓰고 이 도시에서 범죄자로 몰리게 된다. 결국 씁쓸함과 안도감이 교차하는 심정으로 '나'와 친구가 이 도시를 떠나는 데서 이야기는 마무리된다.

「술의 나날」은 당시 모스크바에서 유학중이던 카다레가 그곳에서 초안을 잡아 티라너에서 완성했고, 1962년 「청년 신문」에 발표했으나 그후 사회주의적 현실과 배치되는 '데카당트'한 글이라는 이유로 출판이 금지되었던 소설이다.

가족이나 역사를 출발점으로 시작되는 카다레의 작품들은 이야기가 전개되면서 점차 다양한 색채를 띠며 보다 깊은 인간의 문제와 복잡성을 다루게 되는데, 그 와중에서 독자는 예외 없이 어떤 형언할 수 없는 '신비감'이 책장을 뚫고 지나감을 체험하게 된다. 이것은 피할 수 없는 역사적 상황 혹은 실존의 광기에 휩쓸린 개인이 몰락하거나 살아남으면서 남기는 여운인 동시에, 독자를 끊임없이 불확실성 속으로 몰아넣는 카다레 특유의 문체의 효과에서 비롯된 것이다.

『광기의 풍토』에서도 카다레는 알바니아 역사의 우여곡절과 그 안에 갇힌 인간 군상 및 개개인의 모습을 통해 인간이 처한 상황과 삶의 복잡성을 반성하게 만드는데, 특히 이 작품집은 카다레가 40년의 시차를 두고 쓴 세 편의 소설을 함께 실었다는 점에서도 특별한 매력을 지니고 있다.

한국어판 번역을 위해 테디 파파브라미(Tedi Papavrami)가 알바니아어를 프랑스어로 옮긴 『Un climat de folie』(파야르, 2005년)를 대본으로 사용했다.

2008년 5월

이창실

이스마일 카다레의 주요 저작

* 출간 연도는 알바니아 출간을 기준으로 했으나, 프랑스에서 초판이 나왔을 경우 프랑스어판 출간 연도를 썼다. 카다레는 출간 후에 작품을 다시 손보는 경우가 많기 때문에, 개정판과 초판이 중요한 부분에서 다른 작품이 많다. 아래 연도는 확인되는 한에서 초판 출간 연도를 표기했다.
* 원제는 프랑스어로 표기했으며, 영문판 제목이 프랑스어판과 다를 경우 영문판 제목도 함께 넣었다.
* 카다레 전집은 1993년부터 2004년까지 프랑스 파이야르 출판사에서 총 12권으로 출간되었으며, 프랑스어판과 알바니아어판으로 동시에 출간되었다.

『죽은 군대의 장군』(*Le général de l'armée morte*), 장편소설, 1963.
(▶국내 출간, 문학세계사, 1994.)

『이 산들은 무슨 생각을 할까』(*What are these mountains thinking about*), 시집, 1964.

『결혼』(*La peau de tambour*, 영문판 제목은 *The Wedding*), 장편소설, 1968.

『성(城)』(*Les tambours de la pluie*, 영문판 제목은 *The Castle*), 장편소설, 1970.

『돌에 새긴 연대기』(*Chronique de la ville de pierre*), 장편소설, 1971.

(▶ 국내 출간, 오늘, 1995.)

『어느 수도의 11월』(*Novembre d'une capitale*), 장편소설, 1975.

『위대한 겨울』(*L'hiver de la grande solitude*, *Le grand hiver* 두 제목으로 출간되었음), 장편소설, 1977.

『세 개의 아치가 있는 다리』(*Le pont aux trois arches*), 장편소설, 1978.

『치욕의 둥지』(*La nich de la honte*), 장편소설, 1978.

『부서진 4월』(*Avril brisé*), 장편소설, 1980. (▶ 국내 출간, 문학동네, 1999.)

『누가 도룬틴을 데려왔나?』(*Qui a ramené Doruntine?* 영문판 제목은 *Doruntine*), 장편소설, 1980.

『우울한 해』(*L'année noire*), 장편소설, 1980.

『눈 속에 얼어붙은 결혼 행렬』(*Le cortège de la noce s'est figé dans la glace*), 장편소설, 1980.

『꿈의 궁전』(*Le palais des rêves*), 장편소설, 1981. (▶ 국내 출간, 문학동네, 2004.)

『H서류』(*Le dossier H*), 장편소설, 1981. (▶ 국내 출간, 문학동네, 2000.)

『콘서트』(*Le concert*), 장편소설, 1988. (▶ 1970년대 중국과 알바니아와의 관계를 건드린 작품으로, 1978~1981년에 집필되었으나 검열에 걸려 7년 동안 출판 금지되었음.)

『피라미드』(*La pyramide*), 장편소설, 1990.

『알바니아의 봄』(*Printemps albanais*), 에세이, 1991.

『괴물』(*Le monstre*), 장편소설, 1991. (▶ 1965년에 단편으로 출간되었으나 검열에 걸림. 이후 장편으로 개작.)

『작가의 작업실로의 초대』(*Invitation à l'atelier de l'écrivain*), 에세이, 1991.

『달빛』(*Clair de lune*), 장편소설, 1992.

『그림자』(*L'Ombre*), 장편소설, 1994. (▶ 집필은 1984~1986년.)

『독수리』(*L'aigle*), 장편소설, 1995.

『알바니아』(*Albanie*), 에세이, 1995.

『전설 속의 전설』(*La légende des légendes*), 산문, 1995.

『발칸 반도의 얼굴』(*Visage des Balkans*), 에세이, 1995.

『알랭 보스케와의 대화』(*Dialogue avec Alain Bosquet*), 산문, 1996.

『악과의 작별』(*Les adieux du mal*), 장편소설, 1996.

『스피리투스』(*Spiritus*), 장편소설, 1996.

『천사의 사촌』(*The angels' cousin*), 에세이, 1997.

『코소보를 위한 애가(哀歌)』(*Trois chants funèbres pour le Kosovo*), 단편집, 1998.

『남쪽으로 날아가는 철새』(*L'envol du migrateur*), 소설집, 1999.
 (▶ 집필은 1986년.)

『4월의 서리꽃』(*Froides fleurs d'avril*), 장편소설, 2000.

『아가멤논의 딸』(*La fille d'Agamemnon*), 장편소설, 2003. (▶ 집필은 1985년. 국내 출간, 문학동네, 2007)

『누가 후계자를 죽였는가』(*Le successeur*), 장편소설, 2003. (▶국내 출간, 문학동네, 2008)

『햄릿, 불가능의 왕자』(*Hamlet, le prince impossible*), 에세이, 2007.

지은이 이스마일 카다레
알바니아의 소설가. 1936년 알바니아 남부 쥐로카스트라 출생. 티라나 대학교에서 언어학과 문학을 공부했고 모스크바 고리키 문학연구소에서 공부했다. 1963년 첫 소설 『죽은 군대의 장군』으로 세계적 명성을 얻었다. 죽음과 파괴의 그림자가 너울대는 비극적이고 그로테스크한 내용, 우스꽝스러운 비극과 기괴한 웃음의 조화로 세계적 작가의 입지를 굳혔다. 2005년에는 노벨상, 공쿠르 상과 함께 세계 3대 문학상으로 불리는 맨부커 국제상을 수상했다.
주요 작품으로 『죽은 군대의 장군』 『돌에 새긴 연대기』 『부서진 사월』 『꿈의 궁전』 『H서류』 『아가멤논의 딸』 『누가 후계자를 죽였는가』 등이 있다.

옮긴이 이창실
이화여자대학교 영어영문학과를 졸업하고, 프랑스 스트라스부르대학 응용언어학 과정을 이수한 뒤, 이화여자대학교 통번역대학원 한불과를 졸업했다. 옮긴 책으로 『누가 후계자를 죽였는가』 『앙드레 말로』 『글렌 굴드, 피아노 솔로』 『프란츠 카프카의 고독』 『누보 로망, 누보 시네마』 『키에르케고르』 『번영의 비참』 『길모퉁이에서의 모험』 『빈센트 반 고흐』 등이 있다.

문학동네 세계문학
광기의 풍토

초판인쇄 2008년 5월 26일 | **초판발행** 2008년 6월 9일

지은이 이스마일 카다레 | **옮긴이** 이창실 | **펴낸이** 강병선

책임편집 조현나 이은현 신선영 | **디자인** 박진범 이원경
마케팅 장으뜸 방미연 정민호 신정민 | **제작** 안정숙 차동현 김정후
재무 박옥희 경성희 김정인 | **관리** 지수현 박숙진 한보미
CP 안정원 한숙경 한민아

펴낸곳 (주)문학동네 | **출판등록** 1993년 10월 22일 제406-2003-000045호
주소 413-756 경기도 파주시 교하읍 문발리 파주출판도시 513-8
전자우편 editor@munhak.com | **전화번호** 031) 955-8888 | **팩스** 031) 955-8855

ISBN 978-89-546-0574-8 03890

www.munhak.com